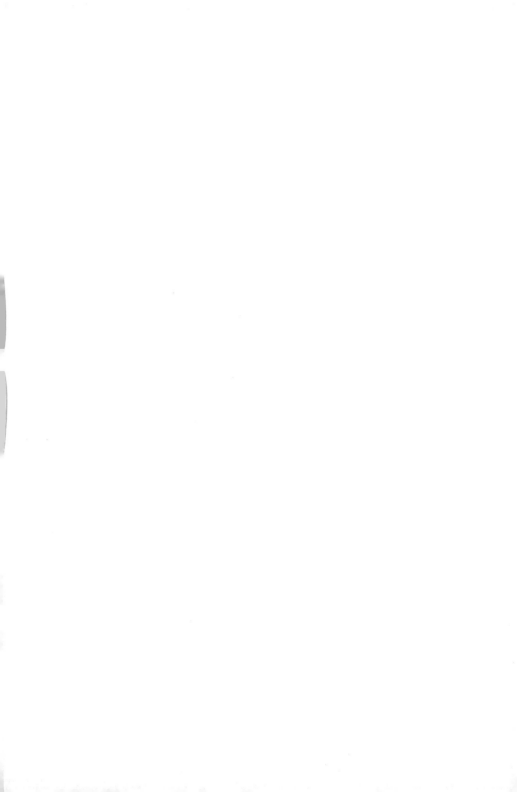

赤瞳者

04

母親

END

晨羽——著
林花——繪

被賜予異能的我們，是怪物嗎？
因為依舊被重要的人所珍愛著，
所以我們不會是怪物，永遠不會。

第一章

向志雲多次問過自己，倘若時光倒流，她會不會做出相同的選擇。

女兒馮瑞軒自幼罹患嚴重的罕見肺病，被醫師宣判活不過八歲。得知女兒有了器官移植的機會，向志雲喜極而泣，認為上天終於聽見她的祈禱。

為了籌措醫藥費，丈夫向堂哥借了一筆錢，條件是成為對方的保證人。馮瑞軒手術成功那日，堂哥傳出惡意跳票，就此人間蒸發，丈夫一夕之間背負上千萬的債務，如果不是吳德因及時伸出援手，他們全家都會走上絕路。

而向志雲平靜幸福的日子，在康旭容找上她的那一天戛然而止。

康旭容將吳德因所做的各種殘酷惡行一字不漏說給她聽。向志雲驚駭無比，起初無法置信，但由於康旭容舉證歷歷，由不得她不信。

康旭容懇請她同意讓馮瑞軒隨他離開，向志雲萬般不願，但想到被吳德因害死的伍詩芸和游翰申，她體認到若不這麼做，女兒很可能也會是死路一條。

「怎麼做才能守護瑞軒，請您只考慮這件事就好。」康旭容告訴她。

康旭容保證將盡己所能拯救馮瑞軒的生命，不使她們母女天人永隔。向志雲感受到康旭容是眞心想要保護女兒，天人交戰數日，終於答應他的要求。

那天，向志雲帶著馮瑞軒前往和康旭容約定碰面的地點。

路上曾見母親蒼白瘦削的面容被淚水沾濕，馮瑞軒大驚失色，連忙問：「媽媽，妳怎麼了？」

「媽媽沒事。」向志雲唇角微掀，卻沒有抬手擦掉眼淚。

「我們要去哪裡？」

「妳不是想去同學推薦的那間甜點店？媽媽帶妳去吃蛋糕，妳想吃多少就吃多少。」

「眞的？」馮瑞軒雙眸發亮，眼中很快又流露出疑惑與惶恐，「可是妳不是說精緻甜食對我的身體不好，向來不准我吃蛋糕嗎？爲什麼今天可以吃那麼多蛋糕？還有，媽媽妳爲什麼哭？妳跟爸爸吵架了？」

「沒這回事。」向志雲對馮瑞軒提出的問題避而不答，只牢牢牽緊女兒的手，快步向前。

她不知道下次再這樣牽著女兒的手會是什麼時候。

坐在餐廳裡，向志雲依然無法止住淚水，在淚眼矇矓中看著女兒開心地小口小口享用蛋糕，像是捨不得一下子吃完這難得的美食。

同時，她不斷扭頭看向落地窗外，惶惶不安地等待康旭容的到來。然而過了約定時間已有十多分鐘，康旭容仍未現身，而她的手機響了起來。

「志雲，我打電話到妳家，妳老公說妳帶瑞軒出門了，妳們去了哪裡？」吳德因的聲音波瀾不興。

「我們在市區百貨公司附近一間甜點店吃下午茶。」壓下內心的驚疑不定，向志雲強作鎮定地反問：「德因阿姨找我們有事嗎？」

聞言，馮瑞軒朝母親的手機貼過去，對著話筒另一端興高采烈道：「德因奶奶，我和媽媽出來吃蛋糕，下次您也跟我們一起來好嗎？」

「當然好呀。」吳德因笑呵呵地應允，寒暄幾句便掛上電話，始終沒有明確說出她打電話過來的原因。

向志雲心中升起一股不祥的預感，害怕預定的計畫或許將會生變。

直到夕陽西下，康旭容還是沒有出現，吃飽喝足也失去耐心的馮瑞軒吵著要回家，向志雲別無他法，只得帶著女兒離開甜點店，一路上心亂如麻。

隔天她刻意去到離家有段距離的地方，找了一具公共電話打給康旭容，康旭容的手機卻未能接通。她擔心康旭容會不會出了什麼意外，於是上德役官網想看看會不會有相關消息，卻意外發現康旭容已經從教職員列表上除名了。

向志雲幾乎能肯定吳德因必定察覺了康旭容的計畫，並對他出手，這也是爲什麼吳德因昨天會打那通電話給自己，吳德因是在向她施壓，要她別輕舉妄動。

爲了保護家人，向志雲不得不藏起對吳德因的憎恨和恐懼，裝作什麼也沒發生，繼續虛與委蛇。

後來吳德因表明希望馮瑞軒到德役讀書，心慌意亂的向志雲竟萌生出帶女兒逃亡的念頭，所幸馮瑞軒捨不得離開家人朋友，不肯轉學，吳德因也並未堅持。

日子彷彿重歸平靜安穩，向志雲偶爾會忍不住自欺欺人——

這個世界上沒有紅病毒，她的女兒也不是會招來毀滅的赤瞳者，一切都只是康旭容的妄想。

然而後來事實證明，妄想的人是她。

在學校的游泳館發生一場重大死傷事故後，馮瑞軒就此變了個人，每天把自己關在房間，只肯讓吳德因陪伴。向志雲某次隔著門板偷聽兩人的對話，馮瑞軒向吳德因哭訴，她身上出現駭人的異能，導致老師和同學在這場事故中死傷慘重。

吳德因的反應卻是出奇地平靜，像是早有預料。

之後，吳德因第一次帶著王定寰來到馮家。

向志雲看過康旭容提供的資料，立刻認出這名男孩和自己的女兒一樣，同爲接受傅臻身上器官移植的病童，也都感染了紅病毒。而馮瑞軒在見過王定寰後，情緒明顯變得穩定許多。往後吳德因多次和王定寰一同來訪，馮瑞軒都會主動帶他出去玩，兩人感情親密。

旁觀一切的向志雲，心中惶惶不安，不明白吳德因此舉是何用意。

有一天，向志雲沒有告知任何人，獨自前往德役完全中學。

在校長室裡，她拿出預藏在手提包內的水果刀，將刀鋒對準眼前那張慈藹的面容。

「妳讓定寰來到瑞軒身邊，目的是什麼？」王定寰的出現，使得向志雲近乎崩潰，她再也無法壓抑內心對吳德因的深惡痛絕，「妳竟然把我的瑞軒……把她和定寰都變成那樣的怪物！我要殺了妳，然後去報警！」

「志雲，妳在說什麼？他們怎麼會是怪物？」吳德因擰眉。

「妳一手安排瑞軒和定寰接受器官移植手術，把他們變成跟妳孫子一樣的紅病毒感染者……是妳害我女兒變成殺人兇手的！還有，妳把康醫生怎麼了？妳殺了他嗎？」

「我沒殺他，他逃走了。」吳德因的語氣聽不出情緒，「康旭容果然跟妳有過聯繫？」

「對，妳做的那些傷天害理的事，他全告訴我了。妳還有沒有良心？害死這麼多無辜的人，竟然還能這樣無動於衷！」

「我能理解妳有多恨我，但妳會就此害怕瑞軒、捨棄瑞軒嗎？要是聽見母親說自己是怪物，瑞軒心裡會有多難過？」

「妳沒資格說這種話，讓瑞軒如此痛苦的罪魁禍首不就是妳嗎？」向志雲激動得眼圈發紅，咬牙切齒道：「我絕對不原諒妳，我要讓全世界都知道妳的惡行！」

「那瑞軒怎麼辦？如果妳去報警，瑞軒必然也將難以倖免。既然妳從康醫生那裡得知了真相，理當清楚警方不會放過任何一名赤瞳者。一旦妳將這個祕密公諸於世，瑞軒不會有活路可走，妳忍心送自己的女兒去死嗎？」

向志雲的喉嚨逸出破碎的嗚咽，悲痛無助的淚水奪眶而出。

吳德因微微一笑，「我有辦法幫助瑞軒，前陣子我找到一種藥物，服用之後可以抑制她身上的異能，只要她按時服藥，就不會再因異能失控而殺人，她可以過著與一般人無異的生活。」

向志雲半信半疑，手上依舊緊緊握著那把水果刀。

吳德因堅定地重申：「現在能夠守護瑞軒的人是我，不是康旭容。要是妳仍然堅持報警，我不會阻止妳。」

聞言，向志雲再也握不住刀子，她雙膝一軟，跪在地上痛哭失聲。

吳德因走到她身邊蹲下，攬著她的肩膀，在她耳畔柔聲低語：「志雲，請妳務必相信，我和妳一樣，都打從心底疼愛瑞軒，希望她能好好地活下去。既然她接受了我孫子身上的器官移植，就證明我們之間有著特殊的緣分，也證明瑞軒命不該絕。只要孩子有一線生機，作爲母親，任何機會都該把握，妳和我何錯之有？倘若我沒那麼做，瑞軒不可能活到今天。是我給了瑞軒活下去的機會，而不是無視妳的祈禱，還將妳推落地獄的上天。」

吳德因這番話帶著一股難以抗拒的魔力，向志雲想不出半句反駁之詞。她腦中一片混亂，驀地憶起康旭容對她說過的那句話。

「怎麼做才能守護瑞軒，請您只考慮這件事就好。」

無論如何，她無法眼睜睜看著女兒死去。向志雲別無選擇，只能與魔鬼進行交易。

康旭容的失蹤讓她明白，自己一旦成爲妨礙，吳德因也會毫不留情地除掉她，她必須握有吳德因的把柄，才能眞正護女兒周全。於是她答應爲吳德因掩護，卻也宣稱自己已將康旭容當年提供給她的關鍵證據託付給一名友人，倘若她出事，那名友人便會將證據呈交給警方，甚者如若馮瑞軒有個三長兩短，她也會拉著吳德因一同下地獄。

待向志雲虛張聲勢說完這些，卻見吳德因臉上出現一抹她未曾見過的微笑。神情既像是欣慰，卻也像是悲傷。

「妳是個好母親。」吳德因這麼對她說。

✦

連續幾次差點在校外發生意外，還收到恐嚇信，因此馮瑞軒向父母提出，想要轉學至德役就讀。向志雲懷疑，這一連串意外背後會不會是吳德因一手導演，爲了從她身邊奪走女兒，吳德因卻堅稱絕無此事。

儘管仍無法完全信任吳德因，向志雲也忌憚另有其他不明人士蓄意傷害女兒，加上馮瑞軒表達出強烈想要轉學的意願，吳德因也承諾將保護好馮瑞軒，最後她才勉爲其難同意。

兩個月過去，見馮瑞軒不僅安全無虞，且已經適應在德役的生活，還交到了新朋友，向志雲這才放下心來。雖然極度不願與女兒分隔兩地，但她也不得不承認，讓馮瑞軒待在吳德因身邊，或許是最恰當的決定。

倘若馮瑞軒的異能不慎失控，再次引發事故，吳德因必然比她更有辦法遮掩過去，不讓女兒遭到警方懷疑……一想到這裡，向志雲頓覺不寒而慄，考慮到馮瑞軒可能引發的巨大災難，她腦中竟然只顧慮到女兒的安危，沒去想會有多少人遭受波及，甚至因此喪失性命。

她是否也漸漸變得跟吳德因一樣殘酷？

「只要孩子有一線生機，作爲母親，任何機會都該把握，妳和我何錯之有？」

「是我給了瑞軒活下去的機會，而不是無視妳的祈禱，還將妳推落地獄的上天。」

回想這一路走來的艱辛與惶恐，向志雲再度潸然淚下。

她只是想守護自己的孩子，這樣有錯嗎？如果不這麼做，誰能夠保護她們？

她眞的有錯嗎？

籠罩在向志雲心上的巨大罪惡感，在回想吳德因的諸多言論中得到緩解。

就在向志雲決定，只要能不讓女兒受到傷害，她可以自私，也可以去傷害這個世界時，是夏沛然這名少年將即將一腳踏進無底深淵的她拉了回來。

聽聞夏沛然爲了從韓宗珉手中救出馮瑞軒，導致身上大片燒傷，再看到王定寰也被送進醫院，向志雲立刻懷疑事實並非如警方所宣稱的那樣。夏沛然之所以傷勢嚴重，極有可能是馮瑞軒或王定寰的異能所致。

向志雲前去夏沛然的病房探視時，始終不敢直視夏母因擔心兒子而哭紅的那雙眼睛。

然而，夏沛然不僅毫不在意自己的傷勢，還若無其事地安慰向志雲。

「馮阿姨，您不用擔心我，瑞瑞學妹沒事就好。」

「眞的對不起，害你傷得這麼重。」向志雲非常愧疚，心疼地摸了摸他身上的繃帶，「你一定很痛吧？」

「我不痛。」爲了寬慰向志雲，夏沛然悄悄附在她耳邊說：「跟馮阿姨說一個祕密，我生過一場病，身體失去了痛覺，無論傷得多嚴重，我都不會覺得疼痛。」

向志雲傻住了。

先前康旭容曾向她提起，他被赤瞳者的血液感染，身體因此失去痛覺，爲了證明自己所言非虛，他說完便把一杯剛煮沸的熱水往左手背上淋去。

當時康旭容左手背的皮膚頓時變得紅腫，明顯已經燙傷，他卻像是毫無所覺，眼皮都沒眨一下。

一直陪伴在馮瑞軒身邊的夏沛然，竟然跟康旭容一樣失去了痛覺，這只是巧合嗎？向志雲內心一陣顫慄，卻沒有勇氣深入追問。

「沛然，你爲什麼對瑞軒這麼好？」

「因爲我喜歡瑞軒。」夏沛然眉眼彎彎，不假思索道：「我很珍惜她，不想看見她受傷。假如馮阿姨不反對，請允許我繼續陪在她身邊，時時刻刻保護她。」

夏沛然對馮瑞軒的一片眞心，令向志雲深爲感動，同時對這名身體羸弱的少年生出無限憐惜。

寒假期間，夏沛然時常來到台中陪伴馮瑞軒，馮家人都很歡迎他的造訪，也對他和馮瑞軒在情感上的進一步發展樂見其成。

某次在餐桌上，馮瑞軒的父親誇讚夏沛然機伶聰明，不愧從小就在德役念書，馮瑞軒卻解釋，夏沛然和她一樣是轉學生。

「沛然不是從國中就讀德役啊？」向志雲停下筷子。

馮瑞軒搖頭，雙眸倏地發亮，一下子滔滔不絕了起來，「學長高中才轉學過來，不過他很厲害，很快認識了很多人，對學校大小事都瞭若指掌，幾乎沒有什麼事是他不知道的。」

向志雲不由得微微一笑，她看得出來，夏沛然在女兒心中的地位，已經不可同日而語。

過了幾天，吳德因忽然打電話給向志雲，問她夏沛然有沒有去找馮瑞軒。自從王定寰從醫院逃走，吳德因似乎忙於找尋他的下落，有好一段時間沒有聯繫向志雲母女。

許是出於對吳德因長久以來的戒心，儘管不明白吳德因問話的用意，向志雲依然下意識選擇爲夏沛然遮掩，表示夏沛然最近並未來過台中。

也不知吳德因是否看出她在說謊，當天晚上，吳德因傳來訊息。

「妳要留意沛然。」

收到訊息後，向志雲看了正在看電視的女兒一眼，迅速走到陽台並關上門，撥了通電話給吳德因。

「請問那則訊息是什麼意思？爲什麼要留意沛然？」

「沛然很可能知道瑞軒身負異能。」吳德因開門見山投下震撼彈，「事實上，瑞軒先前跟我提過，她和沛然正在交往，雖然她沒告訴沛然這件事，但兩人在學校朝夕相處，沛然向來細心敏銳，尤其他們兩個又一同經歷過韓宗珉的攻擊，他對此有所察覺並不奇怪。」

「您的意思是，沛然在得知瑞軒身負異能後，他非但不害怕，還能若無其事繼續與瑞軒交往？」向志雲的口氣不鹹不淡。

「志雲，我是認眞的。」

「我也是認眞的。沛然不顧自身安危，用生命保護瑞軒，他是我見過最勇敢善良的孩子，就算他知道瑞軒身負異能又如何？我相信他並不會因此對瑞軒造成危害。況且目前定寰下落不明，沛然是瑞軒此刻很重要的心靈依靠，倘若您無視這一點，打算傷害沛然，我不會坐視不管。」向志雲態度強硬且堅決。

吳德因沉默半晌，嘆了一口氣，「我明白了，暫且不提沛然，來談談譚警官吧，我能肯定他一定知道瑞軒感染了紅病毒。」

彷彿有一桶冰水從頭頂澆下，向志雲感覺渾身血液瞬間凍結。

「……什麼意思？您爲何能如此肯定？」向志雲失去冷靜，指尖因用力握緊手機而泛白，「警方不是向來對赤瞳者格殺勿論嗎？」

「譚警官過去擔任偵察隊長，破獲許多大案，在他保護瑞軒的這段期間，瑞軒曾經在台中一間便利商店異能失控，他極有可能從中看出端倪。況且由於他曾多次近身保護瑞軒，深得瑞軒的信任，或許瑞軒自己主動告訴他這個祕密也說不定。不過譚警官很疼愛瑞軒，應該不會做出傷害她的舉動。」

「瑞軒根本不知道自身異能的由來，她怎麼可能主動告訴譚警官自己感染了紅病毒？況且對方還是警察……還有，要是譚警官得知瑞軒是赤瞳者，又怎麼可能不殺了她？反倒還保護她？」向志雲又驚又怒，顫聲吼道：「當初是您把譚警官安插在瑞軒身邊，您要負起全責，否則我無法繼續把瑞軒交給您！」

「妳放心，這件事我會解決。之所以告訴妳，是希望妳能從現在起提防沛然和譚警官。我很快會終止譚警官的職務，讓他再也無法接近瑞軒。」吳德因說完就掛上電話。

向志雲面如死灰，拿著手機呆立不動。

無論吳德因後續打算如何處理，向志雲已無法再信任她。

那夜她煩躁不安，難以成眠，便坐在床上翻看馮瑞軒小時候的相片。

馮瑞軒走出房間想去廚房倒水，發現母親深夜還醒著，便過來和她一同看相片，還向母親撒嬌，說想跟母親同榻而眠，向志雲自然應允。

熄燈後躺在床上，母女倆聊了好一會，向志雲不由得有感而發，語帶哽咽道：

「能見到妳獲得幸福，我已經沒有遺憾，就算此刻受到懲罰，我也心甘情願承受。」

馮瑞軒不解其意，連連追問，向志雲始終緘默不答。

入睡之前，向志雲想起消失已久的康旭容。

儘管與他接觸時間不長，但她深信康旭容不會背棄她們，對方沒有聯絡她，必定是有不得已的苦衷。

她暗自做下一個決定。

這次換她主動找尋康旭容，倘若沒有結果，她就要帶著馮瑞軒離開台灣，在國外找個地方隱姓埋名生活，永遠擺脫吳德因的箝制。然而孤立無援的向志雲，沒能想到什麼太好的辦法，思及女兒在餐桌上提起夏沛然對德役很多事瞭若指掌，別無他法下，她將一絲希望託付在這名少年身上。

寒假的最後一天，夏沛然帶著司機過來台中接馮瑞軒返回學校，向志雲把他單獨叫進房間。

「聽瑞軒說，你在德役認識很多人，也對德役的很多事非常了解。」

「還可以啦。」夏沛然反應很快，馬上聽出向志雲話裡的意思，「馮阿姨是想要打聽什麼嗎？」

向志雲看了他一眼，神色略微緊張，「你知不知道康旭容是誰？」

夏沛然停頓了一下，「您說的是德役的前校醫？」

「是的，當初他爲什麼會離開德役？」

「傳聞他三年前與一位名叫蕭宇棠的女學生私奔，這件事當時在德役鬧得很大，瑞瑞學妹應該也聽說過。」

向志雲緩緩開口：「……可以請你幫忙打聽他的下落嗎？」

「嗯，我試試，不過未必會有收穫。」夏沛然一口答應，略微遲疑一陣，又說：「我能知道馮阿姨找他的原因嗎？若是眞能聯繫上他，或許我能代爲轉告。」

向志雲看著夏沛然誠懇的眼神，心中一動，莫名對他生出一股信賴，於是斟酌吐露部分的事實，「康醫生失蹤前，我們約好見面商談某件事，他卻忽然人間蒸發，再也聯繫不上，我心裡總覺得很不對勁。」

「我明白了，我會去查查看，盡快給馮阿姨答覆。」夏沛然點頭，並未深入追問細節，像是向志雲原本打算和康旭容商談何事，以及她爲何不直接向吳德因探詢康旭容的下落。

「謝謝你。」向志雲面露感激，「然後，還有一件事要拜託你。沛然，你爲了瑞軒身受重傷，我很過意不去，也對你的父母深感歉疚。希望你別再爲了瑞軒如此奮不顧身，我不想再見到你落入險境。」

夏沛然似是有些意外，隨即露出燦爛的笑容，「請別這麼說，我一點都不後悔這麼做。我保證今後會小心自身安全，請您不要再自責了，好嗎？」

向志雲心想，就算夏沛然得知馮瑞軒的祕密又如何？這麼溫柔善良的男孩，是絕對不會傷害女兒的。

她暗自祈禱夏沛然接下來的人生能順遂平安，她不想他的母親有一天也嘗到跟她同樣的痛苦滋味。

過了幾天，夏沛然打電話給向志雲，表明自己未能打探到康旭容的下落。

向志雲感到失落，卻也覺得這是意料中事，於是不再猶豫，決定等馮瑞軒國中畢業後就帶著她離開台灣，並將此事隱晦透露給夏沛然知曉。

即使別人批評她狠毒自私，即使得背棄全世界，向志雲也無所謂。只要能永遠守護女兒，她願意遭受千刀萬剮，承受所有必須支付的代價。

只是她萬萬沒有料想到，報應竟來得這般快。

警察找上門的那一天，她才得知吳德因已經被捕，馮瑞軒也被政府嚴密保護看管起來，不得與任何人見面。

向志雲向警方坦承一切，警方從她的自白中感受到她的愛女心切與身不由己，同時警方也告訴她，總統行使特赦，馮瑞軒不會被判死，並即將接受治療，向志雲聽了當場在偵訊室裡嚎啕大哭。

一個月後，譚曜磊在刑警的帶領下，進到看守所裡的接見室。

隔著透明隔板坐在桌子對面的向志雲，向他露出恬淡的微笑。

「譚先生，好久不見。」向志雲輕聲開口，「謝謝警方願意通融安排我們見面，也謝謝你願意見我，希望沒有給你造成困擾。」

「當然沒有。」譚曜磊搖頭，看著向志雲形容憔悴的模樣，他心裡很不好受，「馮太太，非常抱歉這段時間瞞著您很多事。」

「請別這麼說，我才要謝謝你始終竭盡全力保護瑞軒。你的大恩大德，我永遠不會忘記，如果這一生沒有機會，來生我一定做牛做馬報答你。」向志雲語帶哽咽，「現在還是……不能見到瑞軒嗎？」

「是的，目前我們還在等候政府的回應，希望能在瑞軒接受治療前見她一面，相信不久之後會有好消息。」

向志雲牽動嘴角，露出苦澀的笑容，「給你添了這麼多麻煩，如今還要再次請你伸手相助，我實在覺得自己很厚顏無恥。」

「您儘管開口。」

「請你替我向我丈夫解釋一切，是我對不起他。」向志雲淚眼婆娑，神情痛苦，「另外，我寫了一封信要給瑞軒，警方說在她接受治療之前，我不能再見她，拜託你替我轉交好嗎？」

「好。」強忍著鼻酸，譚曜磊一口答應，「不過，您爲什麼不請沛然轉交呢？」

「我沒有臉見沛然……」向志雲猶豫了一下，還是問出那個徘徊在她心底已久的疑問，「譚先生，沛然是不是也和康醫生一樣，受到了赤瞳者的血液感染？」

譚曜磊胸口一震，「您是怎麼知道的？」

「沛然先前跟我說，他生過一場病，身體就此失去痛覺，而康醫生也跟我提過，他因爲受到赤瞳者的血液感染，導致失去了痛覺……」向志雲艱難地開口，「是不是瑞軒的血液，害沛然變成這樣？」

「不是的。」譚曜磊娓娓道出夏沛然受到感染的經過，不希望向志雲抱有過多不必要的罪惡感。

聽完，向志雲鬆了一口氣，頓時淚如雨下，掩面啜泣。

「譚警官，你不明白我是個多麼自私的女人……」她的話聲幾不可聞，「德因阿姨跟我說，你很可能猜到瑞軒感染了紅病毒，那時我心裡清楚，她必然會加害於你，可是我爲了瑞軒，竟決定對你的安危視而不見。當我得知你和沛然爲了瑞軒做出多少犧牲，我眞的非常汗顏，也非常愧疚。就連瑞軒都那麼勇敢，挺身而出反抗德因阿姨，我卻……像我這種女人，完全沒有資格當瑞軒的母親。」

聽著向志雲悲切的哭聲，譚曜磊心生同情，於是出言安慰：「馮太太，我也有過女兒，所以非常能體會您的心情。當初您為了保護瑞軒，同意讓康旭容帶走她，這對深愛孩子的父母而言，是非常艱難與痛苦的抉擇，而且您還選擇獨自面對，沒有告訴您的丈夫；即便是我，都未必有勇氣做出同樣的決定。您在我眼中是偉大的母親，沒有人比您更愛瑞軒。法官必然也能體諒您的苦衷，減輕您的刑責。等瑞軒接受治療之後，還會需要您的照顧，希望您務必為瑞軒堅強起來，終有一天她將回到您的身邊。」

向志雲感激地看了他一眼，漸漸止住哭泣。

「德因阿姨最後會怎樣？」

不確定向志雲這句問話是否出自關心，譚曜磊低聲回：「吳校長罪孽深重，手上沾染了太多人的鮮血，即便逃過一死，也不可能重獲自由。吳校長已自食惡果，您不需要再畏懼她做出任何傷害瑞軒的事。」

「是啊。」向志雲低頭凝視自己的指尖，若有所思，「我有一段時間常想起德因阿姨說過的話。她告訴我，眞正給予瑞軒生存機會的人是她，而不是無論怎麼祈求都不會回應我的上天。當年瑞軒手術成功，我們同時也欠下鉅額債務，就算瑞軒活了下來，往後的人生也會陷入一片黑暗。我很難不認同德因阿姨所言確實有幾分道理，上天並非是想考驗我們一家，而是打算徹底拋棄我們。」

譚曜磊不明白她想表達什麼，選擇安靜聽下去。

「德因阿姨那番話，可能也是說給她自己聽的。她或許跟我一樣，曾經不停向上天祈求，上天卻還是讓她接連失去最重要的親人。她孫子傅臻的離世，想必就是她性格大變的關鍵。所以我既憎恨她，也感謝她，而同爲母親的我，也深深同情著她。就算她對我們一家另有所圖，她終究是救了瑞軒，更出手替我們解決了債務問題。」向志雲語氣平靜，「看到德因阿姨的下場，我不想再恨她了，如果有下輩子，希望上天別再對她這般殘忍。這些話我也只能對譚先生說了。」

譚曜磊心中百感交集，許久後輕輕頷首。

「最小的那個孩子，至今還沒找到？」

聽出向志雲話裡指的是房之俞，譚曜磊無奈地嘆了一口氣，「警方搜查了一個多月，得到的線索依然有限，吳校長把房之俞存在過的痕跡抹去得很乾淨。我猜照顧房之俞的那個女人，在看到吳校長被捕的新聞後，便已帶著孩子逃到國外去了。」

譚曜磊想起，蕭宇棠先前向他提及余寧寧改名一事時，似乎還有別的話要說，卻因葉霖的突然造訪而被打斷。或許蕭宇棠能提供其他線索？他無比希望能盡快再見蕭宇棠一面。

向志雲冷不防說：「我看過那個孩子的照片。」

「眞的？您是在什麼情況下看到的？」譚曜磊十分驚訝，「是吳校長讓您看的？」

「不，是康旭容醫生。」她語出驚人道，「三年前他來找我，讓我看了其他五名孩子的照片，那時照片裡的房之俞大概是七歲左右。」

譚曜磊追問：「您還記得她的長相嗎？」

向志雲點頭，「雖然是三年前的事，但我對那孩子的外貌印象深刻，她長得很漂亮，而且有一頭白金色的頭髮，膚色也比一般人還要白皙，看起來就像個精緻的洋娃娃。」

「白金色的頭髮？」譚曜磊問，「聽說她是混血兒，所以才會是這種髮色吧？」

「不是這個原因。」向志雲卻搖了搖頭，「康醫生說這孩子是白化症患者，那是一種遺傳疾病，因爲缺乏黑色素，頭髮、皮膚以及眼睛的顏色都會比較淺。」

「白化症患者嗎……」譚曜磊精神爲之一振，向志雲提供的這條線索非常重要，應該可以對警方後續的搜查工作起到很大的幫助。

他又問：「康旭容還有提到其他關於房之俞的事嗎？」

「抱歉，當時我的心思都放在瑞軒身上，沒有向康醫生追問太多。」向志雲歉然道。

譚曜磊並不氣餒，他暗自下定決心，無論房之俞身在天涯海角，他都要找到她。

結束會面時，向志雲從椅子上站起來，向譚曜磊深深一鞠躬。

她維持著這個姿勢一動也不動，將近半分鐘過去，她才直起身跟著兩名警察走出接見室。

譚曜磊目送她的背影逐漸遠去，而另一名警察遞過來一個頗具分量的信封，那是向志雲要請他轉交給馮瑞軒的信。

看著那封信，他莫名生出一股直覺，這是他最後一次見到向志雲。

第二章

那天，夏沛然陪同譚曜磊前往馮家。

受向志雲所託，譚曜磊向馮瑞軒的父親說明一切，包括馮瑞軒目前的情況，以及向志雲所犯下的罪刑。

由於整起事件牽涉過廣，能讓馮父知情的部分很有限，於是譚曜磊只告訴馮父，吳德因利用馮瑞軒的身體，製造出對人類致死率極高的病毒，而爲了保護女兒，向志雲只得幫忙隱瞞，並且配合吳德因的指示行動，其餘細節一概略過不提。

同時失去妻女，讓馮父遭受巨大打擊，頭上多出了一大片白髮。他臉上的鬍子許久未刮，看起來疲憊又憔悴，至今仍不願相信本來幸福美滿的家庭，會在一夕之間破碎。

「爲什麼我太太要瞞著我？」馮父臉色灰敗。

「她應該是認爲，如果告訴你眞相，你也會跟她一樣，爲了保護瑞軒，而受吳德因所制，成爲共犯；屆時倘若你們一同被追究法律責任，馮奶奶怎麼辦？誰來照顧她？」

也不知道有沒有聽進譚曜磊的說詞，馮父眼神空洞，長久不發一語。

譚曜磊將手輕輕放在馮父的肩膀上，「你的妻子和女兒有一天一定會回來，與你一家團聚，在這之前，請你務必照顧好自己的身體。要是有需要幫忙的地方，請儘管開口。」

馮父終於抬眼往譚曜磊看去，最後淚流滿面地點點頭。

開車回台北的路上，坐在副駕駛座滑手機的夏沛然，突然坐直身子，提高音量說：「譚叔叔，史密斯老師目前人在康醫生住的那間醫院，袁伯伯請你等會務必過去一趟。」

「好。」

想到可能是蕭宇棠和馮瑞軒那邊有了消息，譚曜磊內心一陣振奮，腳下驀地加重踩下油門的力道。

✦

推開康旭容的病房房門，譚曜磊便注意到那個身材魁梧、氣場強大的男人。

史密斯坐在病床對面的沙發上，一見到譚曜磊和夏沛然走進病房，馬上起身迎上前來，譚曜磊立刻察覺他步伐有異，問題出在他的左腳。

「老師！」夏沛然的喜悅之情溢於言表。

史密斯來到少年面前微微一笑，右手不輕不重地拍了拍他的肩膀，接著看向譚曜磊。

「史密斯先生，您好，我是譚曜磊。」譚曜磊心跳微微加快，主動自我介紹，並向對方伸出一隻手。

史密斯握住他的手搖了下便鬆開，沉聲道：「謝謝你救了宇棠。」

儘管沒有前言後語，譚曜磊依舊很快理解了史密斯話裡的意思。

先前他與蕭宇棠一同趕赴碼頭，救下了史密斯。史密斯並未感謝他協助蕭宇棠救出自己，反而是感謝他在關鍵時刻讓蕭宇棠免於異能失控。

史密斯和康旭容一樣，爲了護蕭宇棠周全，甚至不惜犧牲自身生命。

「您客氣了。」譚曜磊的視線落在他的左腳上，忍不住問：「恕我冒昧，您的腳傷能完全痊癒嗎？」

「不能，但無所謂。」史密斯語氣平淡，看起來是眞的不在意，「多虧有你協助，才能順利讓吳德因落網，謝謝。」

他注視著史密斯片刻，正想再開口，此時袁醫師走進病房。

「讓你們久等了。」袁醫師關上房門並上鎖，請眾人坐下，開門見山道：「總統命令下來了，宇棠和瑞軒將在後天晚上九點施打綠苗。」

「後天？」雖然有猜到可能就在近期，但譚曜磊沒想到會這麼快，「在這之前，能見她們一面嗎？」

「透過極力爭取，總統最後總算是同意了，那天我們大約會有一個小時的時間跟她們會面。」雖說是好消息，袁醫師的語氣卻聽不出太多喜悅之意，「等施打過綠苗，醫院就會立即爲她們進行手術。」

譚曜磊心中湧現不安，連忙問：「什麼手術？」

「子宮切除手術，徹底剝奪她們的生育能力，這是爲了杜絕未來出現母子垂直感染的可能。就算日後她們體內測不出紅病毒的存在，政府依然不願意冒險，包括美國、日本以及英國政府都是這麼做的。在施打綠苗、做過手術後，她們也無法馬上回到家人身邊，政府將密切觀察她們一至兩年，確定兩人體內再也偵測不到紅病毒，才會在有限度的範圍內開放家人接回照顧。」

眾人面面相覷，一時無人作聲。

「還有，先不說宇棠她們在施打綠苗後會昏迷多久，醒來之後，她們必須在政府的監控下度過餘生。」袁醫師深吸一口氣，繼續往下說：「政府會爲她們安排落腳處，讓她們今後過著隱姓埋名的生活；就算是家人或親近的朋友，或許都不會得知她們的下落，遑論再與她們接觸。」

「也就是說，宇棠姊和瑞瑞學妹施打綠苗那天，是我們最後一次見到她們？」夏沛然滿臉不可置信，語氣多了幾分驚慌，「非得做到這種程度不可嗎？」

史密斯面無表情地接話：「是的，現今全世界有不少國家都在覬覦赤瞳者的異能，想利用赤瞳者牟取巨大的利益。如今赤瞳者在全球近乎滅絕，一旦台灣存在兩名以上赤瞳者的消息被傳到國際上，恐怕多方勢力都會爲了得到她們而掀起爭奪戰。若放任我們繼續和宇棠、瑞軒保持聯繫，等同於增加洩漏兩人蹤跡的危險。」

「史密斯說得沒錯，這正是政府考量的重點。綜觀而言，這已經是最好的結果了，只要宇棠和瑞軒能留住性命，重拾新的人生，這樣的條件交換很值得。」權衡過利弊後，袁醫師對此持肯定態度。

這樣的條件交換眞的值得嗎？宇棠和瑞軒就算活了下來，卻成了獨自一人，很可能永遠無法再見到家人親友，她們眞的會想要這麼活著嗎？譚曜磊用力閉了閉眼，強逼自己拋開這些疑問。

同時，他忍不住看向夏沛然，少年眼神茫然，雙肩垂下，顯然受到了很大的打擊。

譚曜磊攥緊拳頭，啞著聲音開口：「那房之俞呢？警方到現在都還沒找到她。宇棠認爲房之俞人在台灣的可能性很高，但我懷疑房蕙林已經帶著她遠赴國外。幾天前，我從瑞軒的母親口中得知房之俞是白化症患者，若是她人在台灣，除非足不出戶，否則很難不被找到。我還是覺得，應該試著再從吳德因身上打探消息，可惜她被警方監禁起來了。」

此話一出，譚曜磊敏銳地發現，袁醫師和史密斯看他的眼神出現一絲異樣。

他一愣，「怎麼了嗎？」

「其實今天請譚先生務必過來一趟，還有另一件重要的事，那件事與吳德因有關。」袁醫師說。

譚曜磊隱隱察覺不對，謹慎地問：「吳校長怎麼了？」

「據說吳德因落網至今始終保持緘默，警方使出各種刑偵手段都無法突破她的心防。但就在幾個小時前，吳德因疑似向警方透露，如果負責偵訊的是你，她就願意開口。」

譚曜磊微微皺眉：「爲什麼？她想做什麼？」

「我也不清楚，若消息屬實，警方應該今天就會聯繫你，吳德因的審訊拖延太久了。」

就這麼剛好，袁醫師話才說完，譚曜磊口袋裡的手機便傳來震動。他和袁醫師、史密斯交換過眼神，起身走出病房接起電話。

十分鐘後，譚曜磊回到病房，三人同時看向他，安靜地等他開口。

譚曜磊面色凝重，「方副署長……啊，不，他現在升任警政署長了，方署長剛才打電話給我，表明最快明天就會安排我和吳校長見面，請我今日先前往警政署一趟。」

袁醫師和史密斯臉上均無意外之色，袁醫師苦笑：「這倒巧，說什麼來什麼，剛好給了你一個機會，從吳德因身上打探房之俞的消息。那就拜託你了。」

「好。」譚曜磊點點頭，他確實也想再和吳德因談談。

史密斯不置一詞，只對他輕輕點了下頭。

✦

從警政署回到家，譚曜磊沒有開燈，神色木然地坐在客廳的沙發上，直至天色完全暗下。

今日聽到了兩個重大的消息，令他心煩意亂，始終難以靜下心思考。

也不知道時間過了多久，他的肚子傳來一記咕嚕聲響，扭頭瞥了眼牆上的時鐘，已值晚上九點，他沒有力氣下廚，索性去到附近的小吃店解決晚餐。

他點了一碗乾麵、一碗餛飩湯和一盤燙青菜，這是他今天的第一餐。

店家的電視頻道停在新聞台，正好在播放吳德因的專題報導。

時隔一個多月，媒體對吳德因的關注未曾減退，民眾的意見更分成兩派，有人對吳德因唾棄鄙夷，也有人至今仍聲援她。

譚曜磊也注意到那些支持她的人，有一部分並不是相信吳德因無辜，而是即使知道她確實犯下重罪，依然選擇站在她那一邊。

他曾經難以理解這些人的想法，直到這段日子他數次回想起向志雲所言，才覺得似乎隱隱找到了答案。

他吃了一口麵，不經意聽到隔壁桌的兩名男子邊看電視邊談論吳德因，聽了一陣，竟是對他們的談話內容起了興趣，不由得側頭望過去。

其中一名年約五十幾歲、皮膚黝黑的男子，注意到譚曜磊投來的視線，粗聲道：「有事嗎？」

「對不起，我沒有惡意。」譚曜磊馬上道歉，「我對你剛才說的那些有點好奇，能否讓我加入你們的談話？」

男子手上夾著一根菸，毫不客氣地上下打量譚曜磊，倒是沒有拒絕。譚曜磊便拉過椅子與那兩人併桌，並請老闆拿來幾瓶啤酒做爲招待。

冰涼的啤酒拉近了雙方之間的距離，也讓那兩名男子卸下心防。

「你叫我阿成就好，我這條命是吳德因救回來的。」

阿成就是那位年約五十幾歲的男子，他口沫橫飛地說著，隨即大口飲下了大半杯酒。

「我年輕時犯下性侵罪，蹲了七年牢，老婆也跑了。出獄後，我決定痛改前非，好好照顧母親和年幼的兒子。可是沒有公司肯雇用我，我兒子也因爲我在學校遭到同學霸凌，我母親病倒了，我身上沒錢，只能向地下錢莊借錢供她治病。」阿成又點了一根菸，卻沒有放進嘴裡，渾濁的眼睛盯著煙霧有些出神，「後來我還不出錢，地下錢莊就帶人去我兒子學校鬧事。我兒子恨我入骨，氣得離家出走，每天和一群混混攪和在一起。當時大家都說，上樑不正下樑歪，認定我兒子會跟我一樣被關進牢裡，一輩子都是人渣。」

譚曜磊默默喝了一口啤酒，沒有打斷阿成說話。

「我是做錯了事，但我也已經付出過代價。我發誓我是眞心想重新做人，但是這個社會不給我機會。走投無路之下，我都準備帶著我的老母親燒炭自殺了，而吳德因不知道從哪裡聽說了我的事，不但幫我找到工作，還幫我母親介紹了一位很厲害的醫生，甚至鼓勵我兒子完成學業。

「因爲吳德因，我母親最後得以安詳離世，我兒子也順利大學畢業，從一個被性侵犯父親拖累、飽受世人唾棄的小混混，搖身一變成爲飯店經理。這是過去的我完全無法想像的未來，而且吳德因從來不曾要求我們回報。」

譚曜磊聽到這裡才開口：「所以就算吳德因犯下諸多惡行，你還是對她充滿感激？對她的看法絲毫未變？」

阿成意味深長地看著譚曜磊，咧嘴微笑，「你沒有經歷過被逼到絕境的時刻吧？假如你還有餘力去思考那些狗屁是非對錯，就表示你還未眞正踏上懸崖。當你站在那裡，根本看不見任何與你無關的事物，只看得見唯一對你伸出援手的那個人。對方的眞面目是什麼？是抱著什麼目的幫你？對已經走投無路的你來說，其實根本不重要。況且，這個世界上眞的有百分之百良善、永遠無私的人嗎？你若親身在地獄裡走過一遭，就知道這是不可能的。

「不管吳德因到底是什麼樣的人，我這輩子只會記得，在我們一家找不到任何活路的時候，只有她願意拉我們一把。就算她犯的罪，足以讓她下十八層地獄，她還是我的恩人。世上沒有絕對的善和惡，你活得愈久、看過的人愈多，就愈不會輕易去用

『好人』和『壞人』來評斷一個人。」

「你對小夥子說這些幹麼?年輕人不懂啦!」阿成的友人笑著捶了下他的肩膀。

「我感覺這個年輕人不一樣。」阿成也笑了，扭頭問譚曜磊，「我問你，你是做什麼的?」

「我以前曾經是警察。」既然阿成都能對他這麼一個萍水相逢的路人，坦言相告自己不堪的過往，譚曜磊不想欺瞞對方。

阿成眼神明顯一變，莞爾道：「果然如此，我看得出你是個『正氣凜然』的好青年，也難怪你會這樣問我了。」

譚曜磊還未分辨出對方這句話是否含有嘲諷的意味，阿成就逕自說下去：「你無法理解我這種人的想法沒關係，倘若有一天，你也面臨到某種絕境，就會知道一個『好人』要變成『壞人』，眞的比你想像中要容易。感覺你是個『好人』，希望你不會哪天得要面臨這樣的處境。」

譚曜磊沒有回應，握著酒杯陷入了沉思。

說不上是爲什麼，他心中的浮躁，竟在這段簡短的對話之後，不可思議地消失了。

✦

翌日中午，譚曜磊在設有錄影監控設備的偵訊室裡，與吳德因單獨會面。

吳德因身著囚服，臉上脂粉未施，看上去較先前蒼老不少。但她的儀態依舊優雅從容，神情一如既往沉靜。

「我以爲譚先生會拒絕與我見面。」

「我也沒想到您會對警方那麼說。」譚曜磊的聲音沒有起伏，「您想跟我說什麼？總不會是要好心告訴我房之俞的下落吧？」

「你會失望嗎？」她沒有否認。

「不會，我從來沒有抱持過那種期望。」譚曜磊目不轉睛與她對視，「雖然我很難相信您會放手將房之俞交給房蕙林，並且與她們斷了聯繫，但我認爲您沒有說謊，您是真的不知道她們現在身在何處。」

吳德因嘴角浮現一抹帶著惋惜的笑意，「你確實是我見過最出色的刑警，眞不希望是在這種情況下與你認識。」

譚曜磊沒有接話，也不去細思她這番話是否有別的含義。

他決定換個方式進行試探。

「坦白說，我會答應跟您見面，並非想向您探聽房之俞的下落，因爲那根本沒有必要。」他面不改色道，「當初您或許是篤定警方無法找到她們，才會對瑞軒提起房之俞，但事實證明，您過於低估警方的能力了。警方在康旭容昔日的住處找到他藏在密室裡的筆電，裡頭有他和房蕙林過去的通訊紀錄。警方從中掌握到房蕙林可能的動向，果然成功找到了她，也同時找到了房之俞。」

言及此，譚曜磊若有似無地看了吳德因一眼，像是隨口感嘆一句：「我有點意外，沒想到房之俞竟然是白化症患者。」

吳德因輕輕闔上雙眼。

再睜開眼睛時，她空洞的目光越過譚曜磊，落向遠處。

「是呀，她是我見過最美麗的孩子，彷彿天使下凡。」她聲音細小，「警方會殺了她們嗎？」

譚曜磊賭對了，一旦道破房之俞身上的關鍵特徵，吳德因便將他的虛張聲勢信以爲眞。

「看來警方還沒讓您知道，國外學者研發出一種名叫『綠苗』的針劑，專門用來治療第一型和第二型紅病毒感染者。國外已有成功的先例，赤瞳者在施打綠苗後，體內的紅病毒全數消失，變回了普通人。因此總統同意給宇棠她們一條生路，明天晚上，宇棠、瑞軒和房之俞將一同施打綠苗。您希望能創造出更多赤瞳者的心願，看來是不可能實現了。」

「原來如此，宇棠是爲了抓我，以及讓其他孩子接受治療，才不惜以身犯險與總統訂下協議吧？這孩子自始至終都那麼善良。」

吳德因此時的眼神，看上去竟像是以蕭宇棠爲榮。

或許是體認到沒有再隱瞞下去的必要，她坦承道：「我確實認爲你們不可能找得到蕙林，才將之俞的事告訴瑞軒。我早就知道赤瞳者有讀取他人記憶的能力，所以我要蕙林帶之俞離開，並且別讓我得知她們的下落，以免哪天宇棠突然找上門來讀取我的記憶。在過去這三年來，只要蕙林願意，她隨時能聯繫我，但她一次也沒有這麼做。」

譚曜磊裝作好奇問道：「既然如此，難道您沒有懷疑過，房蕙林可能是被康旭容說動了，所以才不跟您聯繫？」

「我是有過懷疑，但細節可能和你以爲的有幾分出入。我決定放手把之俞交給蕙林的那一天，就把所有的祕密都告訴她了。蕙林會跟我斷了聯繫，應該是因爲康旭容跟她說，我遲早會殺了之俞，而康旭容這個說法並沒有錯。」

「爲什麼您遲早會殺了房之俞？難道和您殺害定寰的原因一樣嗎？您想利用他們兩個人製造出更多的赤瞳者？」譚曜磊這次沒能控制住臉上的表情，他震驚地瞪著吳德因。

吳德因沒有否認，僅微微一笑：「和聰明人打交道果然很輕鬆。」

譚曜磊難以置信，「您從一開始就打算殺害定寰，並不只是因爲他後來背棄了您？而您早就告訴康旭容您有這個打算？」

「我並未向康醫生明確提過，應該是他從我的態度裡察覺到的吧，他也是個聰明人。」吳德因毫不避諱地解釋，「當翰申和詩芸接連死去，全世界都開始獵殺赤瞳者時，我便仔細思考過，倘若有一天必須犧牲掉某個孩子，那必然會是定寰或之俞。定寰的雙親皆因意外身亡、之俞自出生就被遺棄，兩人沒有任何親人，如果要將他們身上的器官移植給更多孩子，後續處理起來會比較簡單。之所以讓蕙林知道之俞是赤瞳者，就是希望她能隱密低調地養育之俞，這麼一來，若哪天得犧牲之俞，也不至於引起太多不必要的關注。」

吳德因的語氣充滿理所當然：「事關我想守護的一切，自然必須提前做最壞的打算。過去我讓醫院定期爲定寰和之俞進行身體檢查，並同時尋找與他們配對條件相符的受贈者。我也想永遠守護他們兩個，只是如果眞的來到沒有退路的時刻，也只好犧牲他們，這樣就算宇棠和瑞軒最終仍難逃一死，我孫子存在過的證明，還能得以延續下去。」

「況且，若是犧牲掉馮瑞軒，就能保住最後兩名赤瞳者，吳德因絕對不會猶豫。」

「聽起來那兩名赤瞳者，對吳德因的意義不太一樣？」

「你說呢？」

譚曜磊冷不防想起自己與蕭宇棠的這段對話。

乍聽蕭宇棠當時的說法，譚曜磊以爲，王定寰和房之俞對吳德因的重要性大到足以讓她毫不猶豫犧牲馮瑞軒。如今聽了吳德因的自白，他才驚覺那是截然不同的另一種意思。

蕭宇棠是否知道這才是吳德因眞正的想法？還是她其實也一直誤會了？

吳德因的眞實想法縱然令譚曜磊不寒而慄，但也應證了她落網時所言——她不曾對蕭宇棠有過殺心，以及她也想讓馮瑞軒好好回到向志雲身邊。

如果吳德因說的都是眞的，那麼她確實不會知道房之俞現前人在哪裡。

「可是我不明白，您明明說過，房蕙林陪伴您的孫子直至他生命的最後一刻，所以您願意將房之俞交給她。那麼，您對她應該要抱有感激之情吧，為何反而對她如此殘酷？在傅臻之後，還讓她再度失去自己用心呵護的孩子？」譚曜磊提出心中最大的疑惑。

「所以我才說這是最壞的打算，如果可以，我也希望必須犧牲之俞的那一天，永遠不會到來。」吳德因此時看他的眼神多了分深意，「聽起來，譚警官像是認為我特意安排蕙林過去照顧我孫子？」

譚曜磊一凜，「難道不是嗎？」

「不是，我孫子出事的那天，是我第一次見到蕙林。」

事情的發展太過出乎意料，譚曜磊一時愣住了。

吳德因緩緩開口，「車禍發生後，我趕到醫院，醫生在急診室裡宣判傅臻腦死，回天乏術。我悲痛欲絕，完全不明白為什麼傅臻會在那輛遊覽車上，沒過多久，蕙林就出現在我面前。她說她恰巧與傅臻同車，並且坐在他旁邊，她將傅臻的遺物交給我。因為她，我才理解傅臻那天為什麼會坐上那輛遊覽車。」

談話來到關鍵處，譚曜磊屏息等待下文。

「譚警官，你知道為何我唯獨同意與你對談嗎？」吳德因像是看穿他的心思，忽然話鋒一轉，「我被捕那天，你對我說，我所做的一切，其實是在報復我自己；你還說我罔顧人命，我孫子卻願意爲了保護全車的乘客而犧牲自己。我很想知道，在聽過我的自白之後，你還會不會有同樣的想法？但倘若你沒興趣聽一個殺人犯的自白，那就算了。」

譚曜磊瞬間明白了吳德因是怎麼想的——吳德因想要有個能夠傾訴的對象，而吳德因之所以選上他，是因爲當時他說的話觸碰到她內心的痛處。

一想到這裡，譚曜磊暫且拋下對吳德因的成見，坐正了身子，筆直望進她的眼睛。

「您說吧，我會聽的。」

吳德因對他笑了笑，沉澱一會後，才再度開口。

「譚警官，先前我問過你，如果事情發生在你女兒身上，像你這麼理性的人會做出什麼決定，而你回答我，你女兒不會願意這麼活著。雖然你那麼說，但是在看過你對待瑞軒的樣子之後，我便確信，如果傳臻是你的孩子，你就算再理性，必然也會跟我們一樣，選擇祕密地撫養傳臻長大。」

「況且，傳臻還是個那麼好的孩子。」說著，吳德因淡淡睞了譚曜磊一眼，「如今想來，這或許是一出生就感染紅病毒的優勢，傳臻向來能與身上的異能安然共存，即便偶有失控，也從未對其他人造成傷害。透過我們的耳提面命，傅臻深知自己的異能有多危險，他始終很懂得拿捏分寸，絕不故意濫用。我們無法讓他像普通孩子那樣長大，給予他的愛和教育卻不比別人少。他做對事，我們會讚美他；他犯了錯，我們也會板起面孔，嚴厲地斥責他。」

思緒墜入往昔記憶，吳德因的面部表情變得比往常柔和。

「我們教傅臻做人的道理、教他辨別是非對錯、教他善良和正直。正因爲這孩子與眾不同，所以我更認爲這麼做是必須的。倘若傅臻思想不端正，濫用異能去傷害別人，後果將不堪設想。我一直都很欣慰，傅臻和他的父親一樣，都是溫柔體貼的好孩子，直到我發現，我所教會他的一切，最後竟變成害死他的主因。」

譚曜磊回想起看過的那幾段傅臻幼時的影片，影片中的小男孩的確乖巧可愛，很討人喜歡。

吳德因接著表示，她的大兒子傅昕，預料到自己很可能會像其他非洲旅行團團員一樣，在某一天突然間猝死，但他從未在母親面前流露出一絲恐懼，避免她擔心。

傅昕爲了拯救自己和妻子的性命，也爲了解開兒子身上的謎團，親身造訪了無數位醫界權威，直到生命結束的那一刻都沒有放棄希望。

傅昕死後，弟弟傅煒接手他未竟的調查。傅昕的妻子因身心俱疲，住進醫院休養，由吳德因獨自照顧傅臻。

有一天，傅臻哭紅了眼睛，撲進吳德因的懷裡問她：傅昕的死是不是讓某些人感到很開心？

在吳德因的追問下，傅臻坦承他動用了他那超乎常人的敏銳聽力，聽見鄰居對傅昕的死高談闊論。

傅臻平常不能離開家門，無聊的時候，他會窩在房間裡，靠在窗邊聆聽外面的路人說話。那天他從人群的談話聲中，辨識出那些人是對面大樓的住戶，他們曾經用悲傷的語氣請吳德因節哀順變，如今卻將傅昕的死作為八卦談資，宣稱這是上天給吳德因的懲罰，說她活該。

「爲什麼爸爸的死是上天給奶奶的懲罰，妳爲什麼活該？」

傅臻的疑問令吳德因啞口無言。

人生閱歷豐富、洞明世事的吳德因，此刻卻不知如何告訴孫子，世上有許多表裡不一的人；也無法告訴他，有人會因她做的事而喜歡她，卻也有人會因此憎惡她，即使她並未傷害過對方。這些都與她過去教給傅臻人性本善的理念背道而馳。

「臻臻，你聽錯了，他們不是那個意思。」吳德因試圖安撫他。

「我才沒有聽錯，他們就是那樣說的！爸爸跟我說過，上天只會懲罰壞人。奶奶定期捐錢給窮人、捐救護車給醫院，也蓋學校給小朋友讀書……奶奶明明做過那麼多好事，爲什麼卻會受到懲罰？」傅臻哭得抽抽噎噎，小小的臉上充滿不解。

儘管當時傅臻才六歲，卻已經能從那些話語中感受到赤裸裸的惡意。

傅煒從國外回來後聽聞此事，同樣安撫傅臻許久，直至男孩在床上哭累睡著，他才來到母親身邊，握住她的手。

「媽，妳還好嗎？」

傅昕去世至今，傅煒未見母親掉過一滴淚。在孩子和孫子面前，吳德因始終是最堅強的母親和奶奶。

「我很好，臻臻睡了？」她關心地問。

「嗯，我盡量把話說到能讓他理解，他情緒穩定下來了，我要他別再動用異能聽那些人說話。」傅煒眼圈微紅，「自從哥哥走後，這是臻臻哭得最傷心的一次。他最愛的人一直都是哥和妳，聽到別人那樣說你們，難怪他會受到那麼大的打擊。」

「謝謝，你辛苦了。」吳德因沒多說什麼，輕輕拍了下小兒子的手背，話鋒一轉，「這次去有什麼發現嗎？」

傅煒告訴吳德因，他調查到有人在接受猝死旅行團團員的器官捐贈幾個月後，身上竟出現與傅臻相似的異能。

這個驚人的消息，令吳德因沉默了半晌，最後才說：「阿煒，明天早上我想先陪臻臻一會再去醫院，你先去探望你嫂嫂，不過，別告訴她這件事，不能再讓她受到刺激。」

「我知道。」傅煒點頭。

吳德因緩緩起身走進傅臻的房裡，只見傅臻雙眼緊閉，蜷曲著身體，懷裡抱著父親生前送給他的娃娃，嘴裡不斷低喃著同一句話。

「我奶奶不是壞人，我奶奶不是壞人……」

吳德因伸手替他抹去眼角的淚痕，一遍又一遍地輕輕拍著他瘦弱的背脊，他漸漸停止發出囈語，緊皺的眉宇也鬆開了。

她安靜地坐在傅臻的床邊許久。

翌日早晨，吳德因爲傅臻做了豐盛美味的早餐。餐後，祖孫倆和樂融融地坐在電視機前看卡通，是典型正義英雄打敗壞人的故事。

「奶奶，電視上的英雄跟實際上的英雄，是不一樣的對不對？」傅臻冷不防問道。

「什麼意思？」吳德因眨眨眼。

「阿煒叔叔昨天告訴我，英雄有分很多種，像奶奶就是容易被誤會成壞人的英雄，那些不了解奶奶的人，都要到很久很久以後才會發現奶奶是眞正的英雄，他們都是大笨蛋。而且奶奶明明知道他們討厭妳，妳卻還是對他們很好，願意原諒他們，妳是最了不起的人！」傅臻說得振振有詞，一臉深以吳德因爲傲的樣子。

吳德因忍俊不禁，沒想到傅煒是這麼跟他解釋的。

她愛憐地摸摸他的頭髮，「謝謝臻臻，有你了解奶奶就夠了。」

「那如果我能像奶奶一樣幫助很多人，妳會高興嗎？」男孩仰起小臉，認眞地問她。

「奶奶當然會很高興啊，臻臻你身上擁有像超人一樣的超能力，你能幫助的人絕對比奶奶多，所以你要一直當個善良勇敢的好孩子。如果有一天，你看到有人遭逢危險，你就可以保護他們，你絕對會成爲比奶奶更厲害的超級英雄！」

那時吳德因怎樣也沒想到，這會變成她此生最後悔說過的話。

失去傅昕的一年後，吳德因的長媳也在睡夢中離世。

嘗試過各種方法，吳德因依舊無法救回心愛的家人，只能再次經歷白髮人送黑髮人的痛苦。

而吳德因的長媳離世消息一傳出，網友們冷血無情的評論，猶如一把把利刃，狠狠插進吳德因的心口。

「吳德因是不是被詛咒？怎麼大兒子和媳婦都死了？聽說她小兒子是領養的，該不會是小兒子爲了爭產，謀害自己的哥哥吧？有卦嗎？」

「不得不說有點痛快，不知道向來高高在上的吳德因，哭起來是什麼模樣？挺想親眼看看。」

「連自己的兒子和媳婦都救不了，再有錢又有什麼用？可悲。」

「坦白說，如果能像吳德因一樣家財萬貫，就算絕子絕孫我都甘願，哈哈哈。」

「雖然我對吳德因沒什麼意見，但看到她身上發生這種事，我突然覺得上天是公平的。」

啪的一聲，傅煒用力闔上吳德因面前的筆電，臉上布滿驚慌。

「媽，妳爲什麼要看這些？妳以前從來不看這些網路評論的。」

「有人匿名將這些評論寄到我的信箱。」吳德因的語氣聽不出情緒。

「混帳東西！」傅煒氣得面色脹紅，全身發抖，「連這種話都說得出口，還故意讓妳看到，還有沒有人性啊！我馬上去查是誰幹的！」

「沒關係，不需要跟他們計較。」吳德因不甚在意，神情疲憊地環顧客廳一圈，

「臻臻呢？」

「在房間，我把他哄睡了。」傅煒憂心忡忡道：「媽，妳今天都沒吃東西吧？我去外面幫妳買一碗好消化的粥，妳吃完後也去休息，別再看那些評論了。」

傅煒出門後，吳德因走進傅臻的房間，安靜地坐在他的床邊，眼神呆滯。

「奶奶。」

傅臻的呼喚，令她猛然回過神來。

「臻臻，原來你還沒睡？」

「我有睡，但是剛剛醒了。」男孩朝她眨眨眼睛，靈動的模樣很是可愛，「奶奶，我夢見爸爸和媽媽了，他們帶我去妳很喜歡的花蓮那片海灘玩。」

「眞的？然後呢？」她溫柔地問。

「爸爸媽媽要我趕快過去跟他們一起游泳，我說不要，因爲奶奶還沒來，我要繼續留在海灘上等妳，結果還沒等到妳，我就醒了。」

這時傅臻眼底忽然泛起淚光，在昏暗的房間中，看起來猶如星星在閃爍。

「醒來以後，我聽到妳和阿煒叔叔的對話。又有人在說奶奶的壞話嗎？他們到底爲什麼要一直欺負奶奶？」

「他們沒有欺負奶奶，他們生活不如意，心情不好，需要宣洩的出口，不是故意針對奶奶。」吳德因搬出一貫的理由安慰傅臻。

但傅臻這次沒被說服，眼眶裡含著兩泡眼淚，閉緊了嘴巴不說話。

他伸出軟嫩的小手握住吳德因的手，輕輕搖晃了一下，「奶奶，爸爸去當天使的時候，妳在我的床邊坐了很久很久，還偷偷掉眼淚，剛才我也看到妳掉眼淚了。現在媽媽也和爸爸一樣去當天使了，妳非常捨不得他們，也非常傷心，對不對？」

吳德因答不出話，她怕自己一開口，喉嚨便會溢出嗚咽。

傅臻從床上爬了起來，張開雙臂擁抱她。

儘管心裡同樣也爲父母的離世傷心，傅臻仍堅強地說：「奶奶別傷心，妳還有我和阿煒叔叔。我會繼續當個勇敢善良的乖小孩，等我長大，我也會成爲超級英雄，跟妳一樣保護很多人，然後也要保護妳不再受欺負。」

「好。」吳德因闔上濕潤的雙眼，「奶奶一定等你長大。」

在許下諾言一年後，傅臻在那場車禍中永遠離她而去。

吳德因多年前購入一棟蓋在山上的豪華別墅，山腳下緊鄰著一處高級住宅區，每逢春天或夏天，吳德因都會帶家人前去渡假，那一年也不例外。

發生車禍那天是個平常日，在吳德因出門上班後，傅臻留下一張寫著「等我拿到禮物，會打電話給奶奶」的字條，便背著包包獨自下山，前往那處高級住宅區，並坐上停在社區門口的遊覽車。

「禮物？」

始終不曾打斷吳德因講述的譚曜磊，忍不住開口。

「他指的是花蓮某著名海灘的照片，我很喜歡那片海灘。那天是我生日，傅臻想給我一個驚喜，所以瞞著我獨自前往那片海灘，想拍下照片作爲我的生日禮物。」

聞言，譚曜磊心下惻然，但仍提出疑問：「傅臻怎麼知道那個社區所舉辦的觀光行程會行經那片海灘？而且一個陌生的八歲男孩獨自坐上遊覽車，爲何無人起疑？」

「傅臻應該是透過異能『聽見』了那邊的住戶討論觀光行程，才碰巧得知，而他之所以能順利坐上遊覽車，是因爲他纏住了蕙林，拜託蕙林假裝是他的親人。有了蕙林的掩護，其他乘客不太會去懷疑這樣一個小孩子。」

終於得以釐清傅臻車禍的眞相，譚曜磊卻沒有感到撥雲見日的輕鬆，心頭反倒湧上一股沉重。

「相信譚警官聽到這裡，已經猜到我想說什麼了吧？」吳德因微微瞇起雙眸，語調依舊平靜無波，「車禍的原因是煞車失靈，我孫子爲了阻止整輛車撞上山壁，一口氣動用大量異能，成功保護了車上的三十五名乘客，他自己卻沒再醒過來。傅臻一直記得我跟他說的話，也記得他對我許下的諾言，因此當他發現其他人有生命危險，便毫不猶豫挺身而出。他希望我高興、希望我以他爲榮，希望我稱讚他是最勇敢的超級英雄。」

譚曜磊心情複雜地看著吳德因，卻沒能在她臉上看出任何表情變化。

「這是我這輩子最後悔的事。」吳德因說話時眼神空洞，「倘若讓我回到臻臻抱著我哭泣的那個晚上，我不會再教他要勇敢善良，我會告訴他，我無法再承受失去他的痛苦，所以無論發生任何事，我會要他只要保護自己就好，要他爲了我而努力讓自己活下來。如果我能這麼告訴他，那天的結局必然會不同。我不要他當什麼了不起的英雄，我只要他永遠平平安安地待在我身邊。

「臻臻的事讓我徹底清醒過來。我教他善有善報、惡有惡報。我不會說自己是絕對的善人，但我確實沒做過傷天害理的事。我這一生都在爲他人付出，原諒那些朝我瘋狂丟石頭的人。這樣的我，就算得不到任何回報，也不應該落得這樣的下場。我不怨上天偏偏讓我兒子媳婦染上紅病毒，也不怨祂讓他們離我而去。甚至臻臻出事時，我都還在向祂祈求，請祂拿走我的一切來換臻臻的命，然而祂還是帶走了他。從那一刻起，我領悟到這世上其實沒有神，也沒有所謂的因果報應。是我過去秉持的那些毫無根據和意義的信念，讓我的臻臻不斷陷入傷心，最後還害死了他。

「從此我對自己發誓，我不會再讓任何事阻擋我。對你們而言，紅病毒是不能存在於世的洪水猛獸，對我而言，卻是我孫子存在過的唯一證明。」

沉默許久，譚曜磊才重新再迎向上吳德因那雙沉靜中隱含瘋狂的眼睛。

「吳校長，坦白說，我不知道您告訴我這些，是想從我口中聽見什麼回應？我其實沒有資格對您說出任何冠冕堂皇的話，不過我想跟您說一件事，昨晚我在小吃店遇見一個名叫阿成的男人……」

譚曜磊將阿成的遭遇以及對吳德因的感激，全都轉述給她聽。

「不僅僅是阿成，全台灣還有許多像他一樣受過您幫助的人，至今仍選擇無條件站在您這邊。這樣，您還是覺得您過去所做的那些善行毫無意義嗎？這不算是對您的回報嗎？」

吳德因看著他，唇邊露出幾分淺淡的笑意，「譚警官，過去你對警界有諸多貢獻，擁有身爲刑警的尊嚴與榮譽、長官和下屬的信賴，也擁有民眾的尊敬與感謝，但這些在你失去妻子和女兒之後，是否還有意義？」

不等譚曜磊回答，吳德因又繼續往下說：「對我來說，能給我眞正想要的，才算是回報。而我要的，就是我的孩子和孫子都平平安安陪在我身邊。如果你說的那些回報，並不能讓我感到幸福快樂，你覺得那能算得上是回報嗎？」

譚曜磊無言以對。

「我決定向譚警官坦承一切，某部分也是爲了宇棠，請你把這些都告訴她和瑞軒吧，這是我現在唯一能爲她們做的事。如今我已經了無遺憾，隨時可以去找我的臻臻了。」言及此，吳德因臉上浮現一絲釋然。

「吳校長。我無法原諒您對定寰做的事，也無法認同您的許多行爲，但是我並不希望您現在死去。」譚曜磊發自肺腑道。

「你覺得這麼輕易讓我死去，太便宜我了？」吳德因莞爾。

「我是不想讓傅臻看見現在的您。」譚曜磊神色肅穆，語重心長，「我看過那起車禍的調查報告及現場照片，遊覽車衝撞小客車後若是再撞上山壁，中間大約僅間隔五秒。傅臻才八歲，卻能在那樣的生死一瞬間，動用異能控制整輛車，及時阻止更嚴重的撞擊發生，那絕不是經過深思熟慮做出的決定，而是傅臻下意識選擇保護了所有的乘客，他天生就是個善良的孩子，就算您沒那樣教導傅臻，他也會做出同樣的選擇。希望您別再將傅臻的死，全都怪罪到自己身上。」

吳德因唇畔的笑意消失了，眼神晦暗不明。

譚曜磊繼續試著說服她，「我可以體會您心中的不甘與怨恨，但您的所做所爲，完全抹煞了傅臻對您的珍貴心意，也讓傅煒墜入不幸。看見這樣的您，傅臻是不會開心的。倘若有一天，您眞能和純眞善良的傅臻在那片海灘再次相見，我希望傅臻見到的，依然是他記憶中的那位溫柔奶奶。」

吳德因面無表情，不久再次闔上雙眼。

譚曜磊注意到她的雙唇緩慢蠕動著，彷彿在說話。他豎起耳朵仔細聆聽，卻什麼都沒能聽見。

直到吳德因起身走出他的視線，譚曜磊都沒有再聽見她的聲音。

他永遠不會知道吳德因最後說了什麼。

第三章

譚曜磊約了袁醫師、史密斯和夏沛然來到家裡，跟他們說了吳德因過往的遭遇，三個人在聽完之後陷入漫長的沉默。

「吳德因的遭遇確實值得憐憫。」袁醫師低頭嘆息，不無感慨道：「但這不表示她的罪行能獲得原諒。」

「當然。」譚曜磊深有同感，「我不認爲她對自己的作爲有過悔悟，她跟我說這些，不過是對宇棠她們尙有一絲眷顧之情。」

「不過，沒想到吳校長是眞的不知道房之俞的下落。」夏沛然愁眉不展，「這樣要怎麼找出她呢？」

「這你不用操心，沛然，今後你別再管這件事。」史密斯神色嚴肅，語氣有著不容抗拒的堅決。

「沒錯，沛然你做得夠多了，現在你只需要想著明晚和瑞軒的會面，並且好好照顧自己的身體，房之俞的事就交給我們。既然已將吳校長繩之以法，我認爲你應該回歸普通人的生活，別繼續曝露在危險之中。」譚曜磊也有同樣的想法。

看著大人們的堅定眼神，夏沛然明白他們極力想守護自己的那份心意，於是點點頭，低聲回答：「我知道了。」

「說到瑞軒，有件重要的事，請你們務必配合。」袁醫師神色凝重，「明晚會面時，別讓瑞軒知道施打綠苗會有什麼後遺症，以免她產生動搖。警方不讓馮太太和瑞軒見面，並事先檢查過她寫給瑞軒的信，也是基於這個原因。倘若瑞軒在得知實情後大受打擊，表現出拒絕施打的態度，警方有權當場殺了她。」

這番話雖然是對著他們三個人說的，袁醫師的目光卻是定定落在了夏沛然的身上。

夏沛然明白袁醫師的用意，再次做出保證，「我絕不會讓瑞瑞學妹察覺。」

譚曜磊心疼地看了他一眼，將手搭在他的肩膀上拍了拍，之後其他人也很有默契地不在夏沛然面前談論起馮瑞軒。

考量到施打針劑後能即刻爲赤瞳者進行摘除子宮手術，政府爲蕭宇棠和馮瑞軒安排治療的地點，位於市區某醫院的一棟大樓。屆時將有大批警力到場，也會將大樓裡的人全數清空，只允許負責執行針劑施打的醫護人員及會客人士進入。

想到明晚將是最後一次見到蕭宇棠，譚曜磊失眠了。

凌晨兩點，他仍坐在客廳，回想著過去與蕭宇棠在這間屋子裡度過的時光。

她先前曾躺在這張沙發上安心入睡，也曾坐在餐桌旁津津有味吃著他煮的麵，還曾依偎在他的懷中傷心哭泣……這些關於蕭宇棠的回憶，使得譚曜磊的心一陣一陣抽痛。

這一夜對夏沛然而言，同樣難以成眠。像是猜到譚曜磊可能也還醒著，他傳了訊息過來。

「譚叔叔，您睡了嗎？」

想起夏沛然這天始終冷靜的態度，譚曜磊心中不由得生出一絲擔憂，便打了電話給他。

「沛然，怎麼了嗎？」

「啊，我沒事啦，只是……一直睡不著。我猜想譚叔叔可能也還沒睡，所以才傳訊息給你，抱歉，驚動到你了。」他連忙道歉。

「沒關係，我的確還沒睡。」譚曜磊苦笑，心下明瞭，「你在想瑞軒的事？」

「嗯。」夏沛然停頓了一下，「坦白告訴譚叔叔，當初我是爲了配合宇棠姊的計畫，才蓄意接近瑞軒，並不是眞的對她有好感。但是這些日子以來，我對她的情感漸漸變得不同以往；在她得知我被赤瞳者的血液感染，爲我難受哭泣的時候，我就確定自己喜歡上她了。」

譚曜磊並不意外，儘管夏沛然看似吊兒郎當，對什麼事都漫不經心，但他看得出來，夏沛然是個很重感情的人，也很在乎馮瑞軒。

「瑞軒是我第一個喜歡的女生，這種如同電影情節般轟轟烈烈的初戀，今後不可能再有了，就算過了許多年，我應該還是沒辦法忘掉她吧。」

即便隔著話筒，依然能感受到夏沛然的低落與惆悵，譚曜磊不知道該說些什麼寬慰他，只能低聲回了句：「我明白你的心情。」

「嗯，我就是覺得譚叔叔可能會跟我有相同的心情，才對你說這些。」夏沛然意有所指地說，聲音染上一抹笑意，「對了，譚叔叔，之後你不會爲了保護我，而與我保持距離，再也不理我了吧？」

譚曜磊莞爾一笑，「當然不會，我保證絕對不會。」

「那我就放心了。不吵你了，你早點休息，晚安。」

「晚安。」

結束與夏沛然的通話後，譚曜磊唇角的笑意在他忽然想起一件事時轉瞬即逝。

顧不得時值三更半夜，譚曜磊馬上撥電話給袁醫師，對方過了好一會才接起。

「袁醫師，很抱歉在深夜打擾您。」譚曜磊口氣急促，「您在白天的時候提到，只有史密斯、沛然，以及您和我可以跟宇棠、瑞軒會面，那康旭容呢？不能讓宇棠再見他一面嗎？」

袁醫師沉默了將近半分鐘，才沉聲回答：「是的，不能。」

「為什麼？」

「正如我先前所言，現前最重要的是避免宇棠她們抗拒接受治療，而政府和警方一致認為，見到旭容，很可能會讓宇棠內心產生動搖，所以不允許宇棠見他。」

「但這對宇棠太殘酷了！倘若這次無法相見，她和康旭容這輩子就再也、再也——」譚曜磊眼眶一陣發熱，說不下去。

「我可以體會譚先生的心情，我也很想讓宇棠再見旭容一面，但我無法說服政府，真的很抱歉。」袁醫師沉痛地說。

「不，您已經盡力了。是我太激動了，對不起。」譚曜磊抬手遮住眼睛，深吸一口氣，讓自己冷靜下來。

這時他心中驀地閃過一個念頭。

「袁醫師，那麼能否安排宇棠見另一個人？如果是這個人，政府或許會同意。要是會面人數有限制，我願意把我的名額讓給他！」

聽完譚曜磊提出的人選，袁醫師答應他會盡快再與政府和警方進行協商。

望向窗外濃重的夜色，譚曜磊幽幽嘆了口氣，想來這夜自己應該是會繼續睜眼坐在客廳，直至黎明破曉。

✦

下午七點四十分，醫院北區大樓門口。

警方早已封鎖這棟大樓所有的出入口，閒人勿近，大批全副武裝的維安特警更聚集在現場待命，氣氛極爲肅穆緊繃。

譚曜磊開車去學校接了夏沛然一同過來，過了五分鐘，史密斯也到了。

「袁醫師說他會晚點到，讓我們等會先進去。」史密斯表示，袁醫師並未解釋自己會晚到的原因。

經過嚴密的搜身，六名警察領著三人，搭乘電梯前往一間位於五樓的病房。

領頭的那名警官面無表情地說明，馮瑞軒和蕭宇棠並未住在同一間病房，他們將先後探視兩人，每次探視限時二十五分鐘。

病房門是敞開的，內外皆有維安特警站崗，一名穿著病人服的嬌小少女坐在病床上，低著頭不知道在想什麼。

「瑞軒！」譚曜磊情不自禁脫口而出。

馮瑞軒猛地抬頭看過來，見到率先走進病房的譚曜磊和夏沛然，表情又驚又喜，很快淚水便奪眶而出。

「學長，譚叔叔！」馮瑞軒開心地跳下床，衝過來分別與他們擁抱，隨後又看到落在後方的史密斯，她的情緒更激動了，說話的聲音帶上了哽咽，「老師……」

她注意到史密斯步伐微跛，馬上猜到原因，她深感愧疚，忍不住失聲痛哭，「老師，對不起。都是因爲我，您才會被德因奶奶盯上，是我的錯，對不起、對不起……」

「那不是妳的錯。」史密斯厚實的大掌輕輕在馮瑞軒的頭頂揉了下，微微一笑，「而且妳還保護了我，是妳給了我護身符，我才能僥倖撿回一條命。」

聞言，馮瑞軒仰起臉，瞥見她送給史密斯的那條純銀項鍊，就掛在他的脖子上，她的眼淚掉得更凶了。

「瑞軒，妳額頭上套著的那樣東西是什麼？」

譚曜磊指的是一個白色的電子頭箍，上頭有燈光閃爍，外型頗爲詭異。

「哦……他們用這個來阻止我動用異能。只要我一動用異能，強大的電流就會貫穿我的大腦，讓我當場暈死過去。若是我企圖拆下，警察則會立刻開槍將我擊斃。」馮瑞軒抽抽噎噎地解釋。

儘管能夠理解警方對於赤瞳者的顧慮，譚曜磊依然爲馮瑞軒的處境感到心疼，他從外套的內側口袋取出一封信遞過去。

「瑞軒，這是妳媽媽請我轉交給妳的信。」

馮瑞軒迫不及待拆開閱讀，幾分鐘後，她忍不住再次潸然淚下。

「原來媽媽早就知道了……她一直受制於德因奶奶，這麼多年都活在恐懼之中，而我竟然毫無所覺。譚叔叔，媽媽會怎麼樣？她不會有事吧？」

「放心，妳媽媽這麼做都是爲了保護妳，法官會理解她的苦衷，不會判得太重。等妳康復之後，妳媽媽一定也能回家了，妳爸爸說了他會等妳們一家團聚。」

馮瑞軒又把信讀了一遍，才萬分珍惜地將信紙摺好放回信封，抬手抹去臉上的淚痕。

「對了，你們見到宇棠姊姊了嗎？」她帶著濃厚的鼻音問。

「警察先帶我們過來見妳，再去見她。這段期間妳見過她嗎？」譚曜磊說。

馮瑞軒搖頭，眼中透露出渴望和焦急，「我很想見宇棠姊姊，我向警察和醫生反應過很多次，他們卻說這不在他們可以決定的權限裡。」

就在這時，袁醫師從門口匆忙走進來，他呼吸急促，額上滲著一層薄汗。

袁醫師上前給馮瑞軒一個深深的擁抱，「對不起，孩子，讓妳受苦了。我要跟妳說一個好消息，施打綠苗之前，妳有五分鐘的時間可以見宇棠。」

「眞的嗎？」馮瑞軒喜出望外。

「千眞萬確，剛才已經獲得許可。」袁醫師微笑說完，轉頭看向身旁的三人，「你們……還有什麼話想對瑞軒說嗎？時間不多，得去宇棠那裡了。」

譚曜磊這才赫然驚覺，夏沛然幾乎沒有跟馮瑞軒說到話，方才夏沛然全程站在一旁悶不吭聲，目光始終落在馮瑞軒身上。

史密斯冷不防發話：「沛然，你留在這裡陪瑞軒，等一下你再跟她一起過來宇棠的病房。」

說完，史密斯看了領頭的警官一眼，像是想徵詢對方的同意，而那位警官並沒有提出異議，形同默許。

夏沛然點點頭，朝馮瑞軒走近一步，在她面前站定。

等譚曜磊等人離開後，馮瑞軒坐回病床上，主動牽起夏沛然戴著黑手套的左手搖了搖。

「學長，你怎麼了？爲什麼都不說話？」

「我本來想好要說什麼，但一見到妳，就全忘光了。」夏沛然苦笑，溫柔地反手握住她，低聲說：「對不起，讓妳一個人待在這裡，這段期間妳一定很孤單，也很害怕吧？」

「我只怕無法在治療前再見到你，所以我現在很開心，眞的。」馮瑞軒用力搖頭，唇邊漾起微笑，「你跟我說過好幾次會陪我到最後，謝謝你始終遵守承諾。倘若沒有學長，我絕對沒辦法撐過來，謝謝你一直保護我。」

夏沛然也笑了，用另一隻手摸摸她的頭。

馮瑞軒仰頭認眞地望進他的眼眸，「我有件事想拜託學長。既然國外學者專家都能研發出綠苗了，相信之後也應該有方法治癒受到紅病毒感染的普通人。不管那種方法是什麼，答應我，你都要試試看，別放棄任何能讓自己好起來的機會。」

「好，我答應妳。」夏沛然不假思索允諾。

「另外，你還說過，不管多久，你都會等我痊癒，還會再一次追求我，記得嗎？」馮瑞軒眼中帶著甜蜜的笑意。

「當然記得呀。」夏沛然也翹起嘴角。

「請你不要等我。」馮瑞軒突然神色一轉，正色道，「你這麼跟我說的時候，我眞的很高興也很感動，但這幾天我想了很多，我不確定自己要花多長時間才能醒來，我不想自私地束縛住你。就算我在多年後醒來，而你喜歡上了別人，那也沒關係，不過到時候請你一定要來找我，讓我看到你健健康康成爲大人的樣子。」

兩人沉默對視許久，夏沛然忽然屈膝跪在地上，雙手牢牢環住馮瑞軒的腰，把臉頰貼伏在她的大腿上。

「我感覺自己好窩囊。」他悶悶地說，「我本來想在這天對妳展露最酷帥的一面，怎麼反倒是妳比我還要更帥氣？」

馮瑞軒有點害羞地笑了兩聲，半開玩笑回：「我也很想在你面前帥氣一次呀。好了，學長，不准你轉移話題，你快答應我……」

感覺到大腿傳來一股溫熱的濕意，她怔住了。

「學長，你哭了嗎？」馮瑞軒愣愣地看著少年動也不動的後腦勺。

夏沛然沒有回答，只是更用力地摟著她。

「瑞瑞學妹，妳希望我怎麼做，我都答應妳。所以請讓我這樣抱著妳一下，拜託了。」他低啞的嗓音幾不可聞。

第一次看見夏沛然流露出如此脆弱無助的一面，馮瑞軒心如刀割，淚水很快又滑落臉頰。她俯下身抱住他，安靜聽著那被壓抑過的微弱啜泣聲。

過了好一會，夏沛然吸了吸鼻子，再抬起頭時臉上表情已恢復如常。

他一本正經地說：「我也要拜託妳一件事，不許再叫我學長，直接叫我的名字。我們明明交往了，妳卻還一直學長學長地叫我。」

「你不也老是叫我瑞瑞學妹嗎？」馮瑞軒羞赧反駁。

「瑞軒。」他馬上改口，「換妳叫我的名字，如果妳再不叫，我會直接吻妳。」

馮瑞軒不敢相信夏沛然竟當著現場這麼多警察的面，向自己提出這種要求，瞬間面紅耳赤，不知如何是好。

「你不要這樣啦！」馮瑞軒害羞地想要阻止他，卻見夏沛然緩緩站起來，彎腰朝她貼近，她才驚慌地喊出他的名字，「沛然！」

夏沛然臉上綻出大大的笑容，以迅雷不及掩耳的速度吻上馮瑞軒柔軟的唇，馮瑞軒嚇得倒抽一口氣，整個人往後仰，夏沛然及時扶住她。

「我、我不是叫你的名字了嗎？你怎麼還——」馮瑞軒的耳根子完全紅透，不敢對上旁人的目光。

「抱歉，我還是沒能忍住。原來聽妳喚我名字的感覺這麼好，我應該早點讓妳這麼做的。」夏沛然頑皮一笑，「等妳痊癒，妳每天都得這麼叫我。還有，如果以後妳喜歡上別的男生，我可饒不了妳。」

「你別再說了啦！真是的！」

馮瑞軒又羞又慌地想捂住他的嘴，卻反被夏沛然握住了手腕，他低頭吻上她的掌心，她霎時全身顫慄，幾乎要招架不住。

「很幸福。」夏沛然喃喃道。

「什麼？」

「我是說我們。」他笑容裡的戲謔消失不見，換上略帶感傷的溫柔，「我們能像現在這樣再見一面，眞的已經很幸福了，只要一想到宇棠姊無法再見到康醫生，我就覺得自己無論如何都該把握這一刻，把想說的話全告訴妳。」

馮瑞軒目不轉睛地看著他，眼中又瀰漫起一層薄薄的淚霧。

「瑞軒，我喜歡妳。」夏沛然唇角上揚，笑出一口白牙，「不管過去多少時間，我還是一樣會很喜歡妳。」

馮瑞軒再度羞紅了臉，卻不再因爲羞澀而退開，她主動貼近少年的耳邊悄聲說：「坦白說，我曾經設想過一種情況。根據袁伯伯的說法，綠苗並非沒有後遺症，雖然我不知道後遺症是什麼，但是假如……我是說假如，我忘記了你，但是只要能再次相見，我有預感自己還是會喜歡上你。」

夏沛然一時半刻沒有作聲，半晌後，他才滿臉嚴肅地對她說：「我又想親妳了，怎麼辦？」

去。

「我是很認眞在跟你說，你幹麼啦！」馮瑞軒差點抓起一旁的枕頭往他身上丟過

「正因爲妳是認眞的，我才會有這種反應，所以妳別再說這種話誘惑我了。而且現在親妳實在很不方便，妳頭上戴著的那個頭箍，撞得我的頭好痛，實在很礙事。」夏沛然故作不滿地抱怨。

本來充滿感傷的氣氛，頓時變得輕鬆不少。

馮瑞軒清楚明白，這就是屬於夏沛然的溫柔。正因爲他是這樣的人，她才會情不自禁爲他心動。

她是眞的相信，就算她遺忘了一切，倘若未來某一天能再見到夏沛然，她依然會像現在一樣，深深地喜歡上他。

✦

前往蕭宇棠病房的途中，譚曜磊聽見走在旁邊的袁醫師突然咳了一聲。

「袁醫師，您沒事吧？」譚曜磊注意到袁醫師的氣色不太好。

「不要緊，可能是擔心趕不上，心情太過緊繃，一下子有點喘不過氣。」袁醫師

像是想到了什麼，話鋒一轉，「對了，那件事政府同意了，也已經去他家接人，對方應該等會就到了。」

「謝謝您，袁醫師！」譚曜磊一陣激動，胸口湧起無限感激。

「別客氣，你能想到讓那個人過來，宇棠一定會很高興。」

繞過轉角，他們抵達了另一間位於七樓的獨立病房，病房門同樣是敞開的，病房內外也同樣有多名警察嚴密看守。

戴著白色電子頭箍的蕭宇棠，安靜溫順地坐在椅子上。她彷彿已從走廊外的腳步聲得知他們的到來，三人一進門，便見她掛著恬靜的微笑望過來，反應比馮瑞軒鎮定多了。

久違地看見蕭宇棠，諸多難以言喻的情緒充盈在譚曜磊的胸口，他站到一旁一語不發，視線卻始終緊緊鎖在蕭宇棠臉上。

「宇棠，對不起，沒辦法讓妳在最後見旭容一面。」袁醫師歉然道。

蕭宇棠搖頭，一派雲淡風輕，「沒關係，我心裡早有預感，所以在從火場救出他、送他到醫院的路上，我就已經跟他道別過了。」

說完，她望向史密斯，目光在他的左腳上停留片刻。

「老師，謝謝您，能夠在『結束』這一天見到您，眞的太好了。對不起，給您添了這麼多麻煩。」

史密斯面無表情道：「手伸出來。」

蕭宇棠依言伸出雙手，史密斯從隨身包包裡取出一條紫色的腰帶，鄭重放到她的手上。

清晰的詫異自蕭宇棠眼底閃過，她怔怔看著那條紫色腰帶，喃喃道：「老師，這莫非是……」

「對，是紫帶，我在今天把它頒給妳。」

蕭宇棠過去在德役跟著史密斯學習柔術，身為柔術黑帶的史密斯，有資格頒發藍色、紫色、棕色腰帶給符合段位水準的學生。而史密斯頒給蕭宇棠的紫色腰帶，屬於第三段位，代表她的柔術已具備中高水準，這是史密斯對她的肯定。

史密斯在德役任教多年，只頒發過一次第二段位的藍帶給某屆武術社社長，當時蕭宇棠羨慕不已，她從來沒想過有一天自己能從史密斯手上接過腰帶，而且還是段位更高的紫帶。

「我、我怎麼……有資格得到紫帶？我的表現不僅沒能讓您滿意，甚至從未參加過任何比賽，而且由於疏於練習，我現在的程度比過去更差……」蕭宇棠看起來竟有點手足無措，手上拿著紫帶竟像是拿著一塊燙手山芋。

然而其實她很清楚史密斯的個性，即使是這一刻，史密斯也不可能爲了寬慰她，而做出違背自己原則的事，她心中更多的感受是受寵若驚。

「我說妳有資格，妳就有資格。我從很早以前就決定將這條紫帶頒給妳，在我眼裡，妳的程度甚至遠比紫帶還要高。」史密斯直直望進蕭宇棠眼裡，發自肺腑道：「在我教過的所有學生當中，妳是最令我驕傲的一個。」

史密斯這番話，讓蕭宇棠的眼眸漸漸濛上一片水霧。

「從以前到現在……我一直很想得到老師的肯定，您的肯定對我很重要。」握緊手中的紫帶，蕭宇棠露出喜悅的笑容，一滴眼淚同時沿著臉頰滑落。「在您身邊學習的那段日子，是我人生中最難忘也最快樂的時光。就算我忘記一切，我也會永遠留著這條紫帶。老師，謝謝您。」

最後在蕭宇棠的請求下，史密斯上前與她擁抱。

儘管史密斯自始至終沒有表露出任何情緒，但在他抱住蕭宇棠的那刻，譚曜磊仍從他的眼中看見對蕭宇棠的疼惜。

蕭宇棠問起夏沛然怎麼沒有出現，袁醫師解釋，等一下夏沛然會和馮瑞軒一同過來見她。

就在這時，一名警察匆匆來到袁醫師身旁，低聲跟他說了幾句話，袁醫師猛然扭頭看向譚曜磊。

譚曜磊立刻讀懂他的眼神，難掩激動地問：「他到了嗎？」

「是的，就在一樓。」袁醫師用力點頭。

「我去接他！」

說完，譚曜磊立刻轉身奔出病房。

蕭宇棠一臉好奇，「袁叔叔，怎麼了？是沛然和瑞軒來了嗎？」

「不是。今天還有另一個人會來見妳。」袁醫師存心賣關子，想要給蕭宇棠驚喜。

三分鐘後，譚曜磊領著一名眉目清秀的少年走進病房。

蕭宇棠震驚地看著對方一步一步朝自己走近，最後停在自己面前。

兩人一度無言以對，直到少年以略顯生疏的語氣喚道：「姊姊。」

一聽到這聲「姊姊」，蕭宇棠眼圈一紅，淚水掉了下來。

她顫抖地伸出一隻手，卻又停在半空中，她小聲說：「我能……碰碰你嗎？」

蕭仕齊二話不說便上前緊緊抱住蕭宇棠，蕭宇棠的眼淚掉得更洶湧了，哭得像個孩子。

這幕姊弟相擁而泣的畫面，令譚曜磊不禁跟著紅了眼眶，唇角卻是欣慰地勾起。

「仕齊，你長大了。」哭了一陣，蕭宇棠破涕爲笑，纖細的手指仔細撫過弟弟的臉，仍對他的到來感到不敢置信，「但你怎麼會過來……」

袁醫師代替蕭仕齊回答，「是譚先生想到要向政府提出申請，讓仕齊在這天過來見妳。」

蕭宇棠晶亮的瞳眸朝譚曜磊望過去，視線停在他臉上片刻，才又移回弟弟身上。

「仕齊，謝謝你。」蕭宇棠握著弟弟的手，哽咽道：「對不起，我害你受苦了。」

「姊姊才是吃最多苦的那個人。」蕭仕齊搖頭，雙眼通紅，「謝謝妳平安，更謝謝妳決定接受治療，回到我和爸媽的身邊。」

一名警察提醒他們會面時間剩最後十分鐘，而蕭仕齊更必須在五分鐘後離開。

蕭宇棠連忙擦乾淚水，「爸媽知道你過來看我嗎？」

「不知道，突然有警車來家裡接我，他們都嚇壞了。」蕭仕齊有些好笑地解釋。

蕭宇棠微微一笑，「仕齊，先前我錄了一段影片，裡面有我想對爸媽說的話，之後警方會轉交給你，請你將影片拿給他們看。還有，你先前錄給我的那些話，給了我很大的力量，謝謝你和爸媽始終沒有放棄我。」

像是害怕蕭宇棠會反悔接受治療，蕭仕齊啞著聲音說：「姊姊，妳一定要平安回來，我們會一直等著妳。」

這一次蕭宇棠沒有猶豫，用力點下了頭。

兩名警察帶蕭仕齊離開後，蕭宇棠扭頭看向譚曜磊，神態安然，「譚先生，謝謝你讓我見到仕齊。我也能抱你一下嗎？」

譚曜磊先是訝異，隨即便答應了。

蕭宇棠走到他跟前，踮起腳尖抱住他，同時附在他的耳邊悄聲說：「譚先生，在我完全停止動用異能前，仍然能感應到房之俞的存在，我相信她人還在台灣。」

譚曜磊心中驚愕，但他沒有表現在臉上，竭力保持鎮定，不讓一旁的警察察覺。

「我曾經對你說過，當你見到她，必然能一眼認出她。不過現在情況反過來了，那個孩子應該會先認出你，我已經讓她知道你在找她。」

還來不及釐清蕭宇棠這段話的意思，譚曜磊便聽見她的聲音隱含一絲哽咽。

「對不起，就這樣自私地讓你獨自面對這一切，請你永遠不要原諒我。那天晚上，譚先生對我說的每一句話，眞的讓我非常高興，謝謝你讓我知道何謂幸福。」

譚曜磊感覺到蕭宇棠溫熱柔軟的唇輕輕貼上他的嘴角。

如同那天晚上他印在蕭宇棠額上的那個輕巧的吻。

下一秒，蕭宇棠鬆開雙手退開，而恰巧夏沛然也牽著馮瑞軒的手走入病房。

蕭宇棠笑盈盈地朝兩人張開雙臂，馮瑞軒和夏沛然同時撲進蕭宇棠的懷裡，與她緊緊相擁。

「瑞軒、沛然，」蕭宇棠溫柔低語，「謝謝你們陪著我走到這裡，相信我們會有再見面的一天。」

「一定會有那麼一天。」夏沛然話聲肯定。

馮瑞軒含淚附和：「我也這麼相信。」

會客時間結束後，譚曜磊、史密斯和夏沛然三人，在警方的陪同下走出病房。

蕭宇棠和馮瑞軒手牽手站在房門口，微笑目送著他們漸行漸遠。繞過轉角前，譚曜磊忍不住停下腳步回頭望去，他這輩子都無法忘記此刻兩個女孩臉上的笑容。

接下來只有袁醫師獲准留在醫院，直到蕭宇棠和馮瑞軒動完手術，至於其他人都得立刻離開。

於是譚曜磊先開車送史密斯回飯店，再送夏沛然回家。

夏沛然開門下車後，突然折返回來，屈起手指輕敲了下車窗，譚曜磊連忙降下車窗。

「譚叔叔，還記得我在你生日時，送過你一枚銀戒吧？」他眨眨眼。

「當然記得，怎麼了？」譚曜磊不解他這麼問的用意。

「就在剛才，我也送了一枚戒指給宇棠姊。」夏沛然嘴角上揚，「跟譚叔叔的戒指是成對的喔。」

說完，他嘻嘻一笑，一溜煙打開門跑進屋裡，迅速不見人影。

譚曜磊怔愣許久，一時難辨心中是何滋味。

他握著方向盤，心念一轉，將車子開到蕭宇棠曾經墜海的那座碼頭。

譚曜磊站在岸邊，浪花不斷拍打著海岸，嘩嘩的海浪聲不絕於耳。他仰頭望向漆黑的夜空，有幾顆星星閃爍著耀眼的光芒，讓他想起蕭宇棠那雙宛若星辰的瞳眸。

「那天晚上，譚先生對我說的每一句話，真的讓我非常高興，謝謝你讓我知道何謂幸福。」

譚曜磊閉上眼睛，輕輕嘆息，任憑眼角溢出一滴眼淚。

在這樣的黑夜裡，沒有人能看見那滴淚，他毋須遮掩，也毋須抹去。

海浪聲繼續在他耳邊綿延不絕，如同蕭宇棠最後對他說的那句情話。

第四章

T大附近的一間超商，譚曜磊坐在一張桌子旁邊，看見一個窈窕的身影走進店裡，他立刻抬起手向對方打招呼，對方則快步來到他的面前。

楊欣臉上難掩喜悅，還沒坐下，便迫不及待問道：「眞的有宇棠的消息了？是因爲吳德因被警方逮捕，事情才有了轉機？」

譚曜磊微微一笑，「牽涉到國家機密，我沒辦法跟妳細說太多，不過宇棠目前很平安，她被政府嚴密保護著。」

楊欣也笑了，在譚曜磊的對面坐下，緊接著又問：「那我什麼時候可以見到她？」

「對不起，楊小姐，可能要讓妳失望了。」譚曜磊誠懇道，「宇棠她正在接受治療，至於什麼時候能痊癒，沒有人能知道。而且在她痊癒之後，考量到宇棠和她家人的人身安全，政府也會爲她安排一個新身分，就連我也無法再見到她。不過，我可以向妳保證，宇棠的生命不會再受到威脅，也不必再逃亡。」

其實譚曜磊並沒有把握能說服楊欣，畢竟他上述所言毫無可拿得出的證據支撐，然而楊欣卻像是接受了他的說法，神情轉為凝重。

「譚先生，你是不是知道了事情的全部眞相？」

譚曜磊遲疑了一下，坦然回答：「是的，眞相錯綜複雜，而且令人難以置信，但我確實不方便多言，還請見諒。」

「沒關係，我大概猜得到一點。」

譚曜磊眼中閃過一絲訝異，忍不住朝楊欣深深看過去一眼

楊欣環顧四周，確認附近沒有其他客人後，依然謹愼地降低音量說：「我親眼目睹過宇棠身上發生不可思議的事。宇棠國中和高中時的長相截然不同，而她本人竟對此毫無所覺。吳校長還威脅全校學生不能讓宇棠察覺這件事，否則將以退學處分。見宇棠長期被蒙在鼓裡，我實在很不忍心，也覺得很愧疚，於是在離開德役前，我跟她說了實話。之後有一天，宇棠撥了視訊電話給我，讓我看她『眞正』的長相。」

「宇棠主動讓妳看她眞正的長相？為什麼她要這麼做？」譚曜磊心想，那時蕭宇棠應該已經找回記憶，異能也全然覺醒。

「她告訴我，她身邊所有人都對她說謊，只有我願意跟她說實話，所以她想用她最眞實的模樣向我道謝。過沒多久，宇棠就從德役失蹤了。」說起往事，楊欣的眼眶漸漸紅了起來，「我本來就覺得很奇怪，為什麼吳校長要費那麼大的勁隱瞞宇棠身上

發生的怪事，我也懷疑過宇棠身上的祕密可能與吳校長有關。我不知道她到底對宇棠做了什麼，也不強求一定要知道眞相，只要宇棠能永遠擺脫吳校長，從今往後過著平安幸福的生活，我就心滿意足了。」

「宇棠在德役能有妳這樣的朋友，是她最大的幸運。」譚曜磊由衷道。

楊欣莞爾一笑，眼裡閃動著淚光，「譚先生，非常謝謝你特地告訴我這個消息。這幾年壓在我心上的大石頭，總算能放下了。」

「別客氣，這是我該做的。妳託我交給宇棠的那封信，我轉交給她了，也幫妳把話帶給她了，只是宇棠當時處境危險，無法與妳聯絡，請妳體諒她的苦衷。」

「嗯，沒關係。」楊欣點點頭，「不知道爲什麼，我有種預感，總有一天我和她一定會再次相見，在這之前，我不會更換我的手機號碼，我等著宇棠聯絡我。」

兩人又聊了幾句，楊欣才起身道別。

譚曜磊留在座位上看著她走出超商，身影很快消失在街角。

過了兩個星期，譚曜磊收到一封意想不到的信。

三天後的中午，他按照信上指示來到一間市立圖書館。他沒有進入館內，而是繞到人煙稀少的圖書館後方，蕭仕齊獨自站在一處合歡花圃前等他。

「抱歉，我不是很確定我或您的手機是否受到警方監聽，所以才用這種方式聯繫您。」蕭仕齊神態恭謹有禮，「有些話，我想當面跟您說。」

「你想跟我說什麼？」譚曜磊不動聲色地打量他，卻猜測不出他找自己過來的用意。

「我們下星期要搬家了。」蕭仕齊迎向他的目光，「警方表示，爲了保護我們，我和爸媽必須改名換姓，到別的城市生活，之後不得再與赤瞳者案件相關人士有任何接觸。在這之前，我覺得必須向您知會這件事，以及再次向您表達謝意。」

譚曜磊對此並不意外，「我明白了，謝謝你告訴我。你父母還好嗎？」

「我爸媽都很好，看了姊姊錄給他們的影片，兩個人喜極而泣，我很久沒見到爸媽這麼高興了。」蕭仕齊神色變得柔和了些，言談之間也不再那麼拘謹，「我媽每天都反覆看著姊姊的影片，期盼她能早日回家。」

透過交談，譚曜磊得知蕭宇棠的父母對整起案件了解不深，大致上與他向馮瑞軒父親解釋的版本差不多。他暗暗放下心來，深覺不讓她們的父母得知全部的眞相是正確的，等待不知歸期的女兒返家已經夠難熬了，不應再讓這些可憐的父母承受更多。

「這段期間很謝謝譚先生對我們一家的協助，我能感覺得到您很關心姊姊，等姊姊回來，我會想辦法通知您。」

蕭仕齊的體貼，令譚曜磊很感動。

他當然渴望能得知蕭宇棠往後的消息，然而……

譚曜磊默然半晌，艱澀地開口：「仕齊，你的好意我心領了，但我不能再讓你為我冒險。警方會想把你們藏起來，必然是為了保護你們，要是因為你向我通風報信，而讓你惹禍上身，陷入險境，我將永遠愧對你姊姊。」

說完，他從外套口袋拿出一張拍立得照片，照片背面用簽字筆寫著一組手機號碼。

他把這張照片交給蕭仕齊，指著照片中那位眉宇間帶著英氣的短髮少女，「等宇棠回到你們身邊後，麻煩你打電話通知這個女生，她叫楊欣，是宇棠在德役最要好的朋友。她很關心宇棠，對赤瞳者的事僅一知半解，若是能安排她偷偷見宇棠一面，應該不至於有問題。你很聰明，相信到時候你會知道該怎麼做。」

蕭仕齊伸手接過照片仔細端詳，最後目光落在端著蛋糕、笑容燦爛的女孩臉上，滿臉不可思議，「雖然先前就聽譚先生說過，但親眼看到照片，還是覺得很難以置信，姊姊居然真的變成曉荃姊姊的模樣。」

「我也是，遇到你姊姊以前，我也從未想過會有這樣的事。」譚曜磊嘴角勾起，伸手搭在蕭仕齊的肩膀上，「楊欣的事就拜託你了。你們一家人過去吃了太多苦，未來一切都會轉好的。爲了你和家人的安全，以後不要再聯繫我了。」

「……好。」蕭仕齊定定地看了譚曜磊一陣才點頭應允，並將那張拍立得照片小心收進背包。

譚曜磊站在原地，目送蕭仕齊在燦爛的陽光下逐漸走遠。

✦

夏沛然去到譚曜磊家中作客，並告訴他，史密斯已經在昨天搭機回美國。

「這麼怎麼突然？」譚曜磊很驚訝。

「就是說嘛，老師通知我時，他正在準備登機，他說沒必要讓我們特地跑一趟送他。」夏沛然語帶無奈，拿起譚曜磊招待的蘋果汁喝了一口，「史密斯老師請我轉告您，日後如果有需要幫忙的地方，隨時聯繫他。」

譚曜磊一聽便明白，史密斯指的是房之俞一事。

那天一離開醫院，他便將蕭宇棠最後跟他說的那段悄悄話，轉述給史密斯和袁醫師知曉。

當時史密斯臉上並無訝異，僅問：「宇棠有沒有說她最後一次動用異能是在什麼時候？在吳德因被捕當天，宇棠確實在百貨公司動用過異能，如果她是在那時感應到房之俞的存在，確實目前房之俞仍在台灣的可能性很高。」

譚曜磊搖頭，「她沒有說，不過我的想法和你一樣，而且依宇棠的個性，假如沒有相當程度的把握，她不會有這種推論。而吳德因被捕後，警方也抱持務必盡快找出房之俞的態度，海關的查驗越加嚴格，就算身爲赤瞳者的房之俞可以變換容貌，但房蕙林不行，她們想在這段時間離開台灣可沒那麼容易。」

袁醫師皺眉沉思片刻，緩緩開口：「譚先生的推論也有道理，不過宇棠的說法讓我覺得很奇怪，她說她已經讓房之俞知道你正在找她。這話聽起來，像是暗示房之俞會主動聯繫你似的。」

三個男人面面相覷，一陣無語之後俱是輕笑，一致認爲這種機率無比渺茫。

夏沛然並未參與這段討論，三個男人都有共識，要讓夏沛然徹底從赤瞳者的案件中抽身。

喝完最後一口果汁，夏沛然把空杯放回桌上，臉上浮現淡淡的笑意：「今天來見譚叔叔，除了幫史密斯老師帶話，也是要跟您說一件事，我下個月也要去美國了。」

譚曜磊大感意外，「爲什麼？你要去留學？」

「不是，瑞軒要求我，等她施打綠苗後，我也要接受治療，我想遵守跟她的約定。我爸媽很支持我做下這個決定，袁伯伯說他會跟美國醫界組織的人合作，想辦法醫治我。這會是一段漫長的路程，我應該有一段時間見不到譚叔叔了。」

定了定神，譚曜磊開口：「袁醫師會跟著你一起離開？」

「我比他早一個星期過去，詳情他晚一點會跟您說。」夏沛然眼神轉爲黯淡，「對不起，譚叔叔。」

「爲什麼要道歉？」譚曜磊笑了起來，伸手摸摸他的頭，「你是因爲留下我一個人，覺得過意不去嗎？千萬別這麼想，我跟瑞軒一樣，希望你能接受最好的治療。就算以後見面不易，我們還是可以保持聯絡。」

這時，譚曜磊忽然意識到今天並非假日，忍不住又笑著說：「你今天又拿身體不舒服當理由蹺課了嗎？」

夏沛然嘿嘿一笑，「老實告訴譚叔叔，吳校長被逮捕的隔天，我就提出退學申請了。如果不是爲了宇棠姊和瑞軒，那種地方我根本一秒鐘都待不下去。離開德役之後，我才感覺自己眞的報了仇，可以和我的好朋友交代了。」

譚曜磊由衷敬佩著眼前這名笑嘻嘻的少年。

夏沛然所經歷過的一切，就連心智成熟的大人都難以承受，他卻能挺過各種難關，一路走到這裡，這般堅毅的心志，譚曜磊自嘆弗如。

走在這條路上，譚曜磊見過太多的英雄，從他們身上重新體會到生命的珍貴，以及爲了守護心愛之人，一個人會迸發出多麼巨大的力量。

「沛然，你出國那天，務必讓我去送機。」譚曜磊笑著對他說。

「哎唷，可是我最怕離別了，我一定會哭出來的！」夏沛然沒有正面回答，只是雙手捧著臉頰，誇張地擺出畏懼的表情。

那晚，袁醫師打電話給譚曜磊，證實他將陪同夏沛然赴美進行治療，同時繼續研究紅病毒。

「那康旭容呢？您也會帶他回美國嗎？」譚曜磊問。

「嗯，我會安排專人照看他。我決定在這時候離開，一方面是爲了沛然，一方面是宇棠和瑞軒的治療進行得很順利。很抱歉沒能留下來協助你找尋房之俞，但若有任何需要幫忙之處，你隨時可以聯繫我，千萬別獨自扛起，我相信這絕對不是宇棠的本意。」

「我明白，沛然就拜託您照顧了，也請您保重身體。」譚曜磊停頓了一下，「在您離開前，請讓我再見您和康旭容一面。」

去機場送夏沛然的那一天，譚曜磊見到了帶著五、六箱行李的夏沛然，以及與愛子同行的夏母。

「醫生說我的身體可以應付這趟飛行，但我媽不放心，堅持陪我去美國待一陣子，明明美國那邊都安排好了，也會有親戚來接機。」夏沛然瞥了一眼正在與父親交談的母親，滿臉無奈。

「就讓你媽媽陪你過去吧，這段日子她必定爲你操了很多心。」譚曜磊勸他。

「也是，自從我身體變成這樣，我媽確實吃了不少苦，往後我會好好孝順她。」

夏沛然吐吐舌頭。

準備登機時，夏沛然冷不防上前給譚曜磊一個大大的擁抱。

「我會常跟您聯絡的。您可別爲了找尋房之俞而過度勉強自己喔，還是要好好吃飯睡覺！」夏沛然收起笑容，難得嚴肅地對譚曜磊說。

「我知道，你要好好保重。」譚曜磊拍拍他的肩膀。

他衷心希望這個臉上總是掛著頑皮笑容的善良少年，能治癒身上的病痛，擁有更美好的人生。

幾日後，譚曜磊迎來了最後一場道別。

他踏進康旭容的病房，袁醫師已經在裡頭等他。

這是一間十分舒適且保有隱私的單人病房，房間約有十多坪大，並設有兩張沙發，袁醫師請譚曜磊坐下談話。

「史密斯其實很擔心你。」袁醫師正色道。

譚曜磊一愣，「爲什麼？」

「他跟我一樣，都在你身上看見旭容的影子，擔心你有一天會爲了房之俞讓自己陷入險境。我很不願意將這項重責大任單獨交給你，但我也知道你想遵守與宇棠的約定，絕不容許自己置身事外。接下來你可能還會碰上諸多艱難，甚至有生命危險，請千萬小心。」

譚曜磊能明白史密斯和袁醫師的擔憂與好意，笑著點了點頭。

袁醫師也跟著笑了，「幾天前，我坐在旭容床邊握住他的手，跟他說宇棠已經接受治療，要他不必擔心，然後他的手指頭輕輕動了一下。」

譚曜磊的心臟重重一跳，瞳孔驀地瞠大，「眞的？這表示康旭容的情況出現好轉，對吧？他是不是有機會能清醒過來？」

袁醫師搖頭，「旭容的手指會動，應該只是反射動作。不過，醫學上確實存在許多難以解釋的奇蹟，或許旭容始終有將我們對他說的那些話都聽進去，或許有一天他眞的能清醒過來，我還是對這種可能性抱持樂觀態度。要是旭容能醒過來，他一定也會非常感謝你，是你救了宇棠。」

譚曜磊沉默半晌，從外套口袋拿出一樣東西交給袁醫師。

那是一張裝在信封袋裡的電影票根。

「這是？」袁醫師不解。

「我曾經應宇棠的要求，陪她去電影院看了這部恐怖片，她被這部片嚇到了。後來她告訴我，有一次康旭容半開玩笑對她說，他挺想知道哪部恐怖片會嚇到她。如果康旭容有一天醒來，希望您把這張票根交給他，這是宇棠給他的答案。」

袁醫師發出一聲長長的嘆息，眼眶微微泛紅，鄭重接過了信封。

兩人又聊了一陣，袁醫師接到一通來電，暫時離開病房。

譚曜磊起身走到康旭容的床邊，看著他蒼白削瘦的面容好一會，從頸上取下掛著一枚銀戒指的項鍊。

那枚銀戒是夏沛然送給他的。

「就在剛才，我也送了一枚銀戒給宇棠姊，跟譚叔叔的戒指是成對的喔。」

凝望躺在掌心裡的銀戒片刻，譚曜磊彎下身替康旭容戴上項鍊。

「康先生。」譚曜磊低聲對他說：「我會每天爲你祈禱，希望你能早日醒來。到了那時，請你去找宇棠，你一定要找到她。」

隔天，袁醫師帶著康旭容搭機離開台灣，返回美國。

✦

兩個月後，譚曜磊依照約定，將赤瞳者的事告訴葉霖。

葉霖聽完兩眼發直，眉頭緊皺，許久後開口問：「要是讓一般民眾知道赤瞳者和紅病毒的存在，必定會引起大規模的恐慌，政府是考慮到這點，才沒有公開這件事吧？」

「沒錯。」譚曜磊觀察他臉上的神色變化，「你相信我說的話？」

「我當然信，姊夫你又不是那種胡言亂語的騙子。不過我確實有被嚇到，你暗中調查的竟然是這麼危險的案子，光想就替你捏一把冷汗。」葉霖把手臂伸向譚耀磊，示意譚耀磊看看他手臂上被嚇出來的一大片雞皮疙瘩，「姊夫，你在過程中沒受傷吧？」

「放心，我沒事。」譚耀磊笑著拍拍他的手臂，「其實我原本不打算告訴你，但紅病毒對全世界的威脅有目共睹，台灣又還有一名赤瞳者下落不明。既然小霖你打算進維安特勤隊，遲早會知道這件事，所以我才改變心意。」

「我明白了。」葉霖表情轉爲凝重，遲疑了一下才問：「那你的長官是不是希望你能復職，協尋最後那名赤瞳者？」

譚曜磊斂下眼眸，坦白承認：「方署長確實有這個意思，但我婉拒了。我還是沒有打算返回警界，一開始我就下定決心，只參與到吳德因落網爲止，往後的事就是警方的工作了。」

爲了不讓葉霖擔心，譚曜磊沒說出自己將獨自追尋房之俞的下落。

葉霖心情很複雜，「我本來一心希望姊夫能重返警界，但聽到你決定就此抽身，我竟然有些鬆了一口氣。赤瞳者這件案子這麼駭人聽聞，危險層級也很高，要是你堅持繼續參與，恐怕我今後都得爲你提心吊膽。」

譚曜磊莞爾，「抱歉，讓你擔心了。這次我是眞的累了，往後我打算隨心所欲過日子，好好享受退休生活。」

葉霖沒有起疑，完全相信了譚曜磊的說法，他再三叮囑譚曜磊要好好照顧自己後便離開了。

之後，譚曜磊始終沒有停下尋找房之俞的腳步，也嘗試了各種手段，卻未能有任何顯著的進展。

即便前方的道路彷彿被濃厚的迷霧所籠罩，看不清方向，譚曜磊仍未放棄希望，他時常想起蕭宇棠最後說過的那段話。

「我曾經對你說過，當你見到她，必然能一眼認出她。不過現在情況反過來了，那個孩子應該會先認出你，我已經讓她知道你在找她。」

他想不明白蕭宇棠爲什麼會這麼說，她的說詞也存在著極爲不合理之處，但回想過去一路走來的種種，譚曜磊漸漸覺得，這個世界上沒有什麼事是不可能的。

抱著這樣的想法，一年的時光匆匆過去。

✦

聽見鈴聲大作，譚曜磊皺了下眉頭，勉力睜開沉重的眼皮，往牆上的時鐘看了一眼，才發現已經是早上八點。前一晚他忙著上網查資料，睏倦之餘，便趴在電腦前小睡一會，沒想竟一覺到天亮。

揉著僵硬痠痛的肩膀，譚曜磊走到客廳，拾起昨晚隨手扔在沙發上的手機，螢幕上沒有顯示來電號碼。

「喂？」他按下接聽鍵。

「你好，請問是譚曜磊先生嗎？」

話筒另一端的女人嗓音溫和，咬字清晰，唸出他的名字時特意放慢了語速，態度極爲愼重。

「我是。」

「冒昧請教，你是否認識一位名叫蕭宇棠的女人？」

譚曜磊原本還有些昏沉的意識驟然清醒，注意力霎時集中了起來。

他眉宇緊皺，嚴肅地問：「妳是誰？」

對方在十秒鐘後再次開口。

譚曜磊拿著手機動也不動，腦袋一片空白。

女子回答他：「我叫房蕙林。」

第五章

譚曜磊緊握方向盤，在南下的高速公路上疾速行駛。

他目視前方，逼自己保持鎮定，耳邊卻還是不斷聽見自己紊亂失序的心跳聲。

自稱是房蕙林的那名女子，沒有在電話裡解釋太多，僅表示她希望能與譚曜磊見上一面，並請譚曜磊切勿洩露她的行蹤。

光憑這麼一通來電就答應前去赴約，譚曜磊深知此舉十分冒失且具有危險性，但他有股莫名的直覺，對方沒有說謊。

懷著忐忑與焦慮，譚曜磊按照女子的指示，在四個小時後抵達台南縣的某處偏鄉地區。

譚曜磊將車停在一間老舊的雜貨店門口，門口鐵門拉下，不確定是否仍有對外營業，他對照過貼在牆上的門牌號碼，確定沒弄錯地址後，才開門下車。四周樹木蓊鬱，他注意到天空逐漸被厚重的烏雲籠罩，應該再過不久就會降下大雨。

房蕙林要他先來這間雜貨店，說有人會去接他。耐心等了一個鐘頭，終於等到一個騎著腳踏車的小小身影出現在空盪蕩的馬路上，最後在他的面前停下。

「譚曜磊叔叔，對不起讓你久等了。」

來人是名年約十歲的陌生女孩，她有一雙狹長的單鳳眼，膚色偏黃的臉上長著一片淺褐色的雀斑。

她又氣喘吁吁地解釋：「是玟月阿姨讓我來接你的。」

「玟月阿姨？」譚曜磊驚訝地看著她。

「哦，就是蕙林阿姨，這是她現在的名字。」女孩露出大大的笑容，把腳踏車停在店門口，用手心擦去額頭上的汗，看了眼他停在旁邊的車，「叔叔，這是你的車吧？我可以坐在副駕駛座幫你指路嗎？玟月阿姨住的地方很不好找，就算開著導航，也很容易迷路，所以玟月阿姨才會讓我過來。」

譚曜磊沒有立刻回答，只是繼續看著這名女孩。

有一瞬間，他不禁猜想她會不會是房之俞，只是這名女孩除了年紀之外，其餘特徵都與房之俞不符。

不過，或許房之俞已經有了改變自身容貌的能力……

「妳跟房……不，妳跟那位玟月阿姨是什麼關係？」他忍不住問。

女孩不假思索回答：「玟月阿姨一直在幫我奶奶照顧我。」

聞言，譚曜磊心中浮現一絲疑惑，然而女孩的眼神純淨直率，不像是在說謊。

「妳叫什麼名字？」

「我叫許儷。」

✦

譚曜磊依照許儷的指示駛進一條山路，由於路面狹窄顛簸，他全神貫注在行車上，並未再與許儷交談。

十分鐘後車子駛出山路，前方出現一大片空曠的農田與數間房舍，原來在這片山林中竟藏有這樣一處小小村落。

譚曜磊將車停靠在其中一間房舍前。

儘管房舍外觀簡陋，環境卻很整潔，門前牆邊擺放著一排被照顧得很漂亮的盆栽，不難看出屋主應該是個心細的人。

許儷從口袋拿出鑰匙開門，讓譚曜磊進屋，也不跟他解釋，便逕自走進某個房間。

不久之後，許儷牽著一名形容憔悴的中年女子從房間裡走出來。

「初次見面，譚先生。」中年女子向他點頭致意。

譚曜磊從中年女子的聲音認出她就是那個打電話過來的女人。

「謝謝你專程這麼遠來一趟，我身體不太好，無法親自過去接你，有失禮數還請見諒。」

譚曜磊緊盯著對方的面容，內心充滿錯愕與困惑。

這個女人自稱是房蕙林，但她的五官與他先前在照片中所見過的房蕙林截然不同，分明是另一個人。

中年女子要許儷協助準備茶點，然後到外頭去玩，許儷很聽話，把一壺熱茶與一盤奶油餅乾端上桌後，便從屋裡退開。

譚曜磊從口袋取出劉天澄和劉天浠這對兄弟給他的那張照片。

照片中的主角是咧嘴微笑、手上拿著巧克力棒的劉天浠，劉天浠的背後則坐著頭戴漁夫帽的傅臻和一名長頭髮的年輕女子，女子低頭拿面紙替傅臻擦拭嘴巴，神色溫柔。

譚曜磊直接了當地問：「這是房蕙林過去的照片，然而妳和她的長相並不一樣，妳真的是房蕙林？」

看見那張照片，中年女子情不自禁伸出手，指尖輕輕停在傅臻的臉上，眼神流露出著憐惜與懷念。

「我確實是房蕙林。」她啞著聲音回答，「我在四年前動過整容手術，也改了名字，還搬到了這個地方。爲了不被發現，我幾乎銷毀了所有能證明我是房蕙林的東西。」

譚曜磊依然半信半疑，「妳這麼做是因爲怕被吳德因找到？妳從康旭容口中得知她可能會做出傷害房之俞的舉動，所以當妳發現康旭容失蹤，便決定帶著房之俞藏起來？」

「是的。」房蕙林沒有否認。

譚曜磊繃緊了神經，不著痕跡地環顧四周，暗自戒備，「那房之俞在哪裡？她不在嗎？」

「對，她不在了。」

譚曜磊一愣，疑惑地看向房蕙林：「妳這話是什麼意思？」

房蕙林平靜地開口：「那孩子已經不在世上任何一個地方，她過世了。」

譚曜磊過了好半晌才從震驚中回過神來。

「什麼時候的事？」

「就在去年，差不多是德因阿姨被捕的新聞出來後兩個月。之俞、小儷和村裡的幾個小朋友一起到後山玩，忽然間倒地不起，荒野山林間急救不及，之俞就這麼走了。」

房蕙林口中說的小儷，想必就是許儷了。

譚曜磊心中浮現一絲異樣。

倘若房蕙林所言屬實，她現在的反應，似乎有點太過冷靜。

無論是眼神或語氣，譚曜磊都感覺不出她有一絲悲慟。

像是察覺到譚曜磊的疑心，房蕙林起身走向牆邊的置物櫃，打開抽屜取出一個牛皮紙袋，再緩步回座，一一將紙袋裡的物品取出放在桌上。

分別是一本相簿、一張身分證正反面影本，以及一份死亡證明書。

譚曜磊首先拿起死亡證明書，發現上頭的死者名字不是房之俞，而是「何亞聆」這個陌生的名字，死因是突發急性心肌炎。

身分證影本上也是這個名字，而死者母親欄位的名字是「何玟月」。

爲了躲避吳德因的追查，房蕙林選擇讓房之俞再次改名，也很合情合理，而房蕙林甚至爲此改變了自己的容貌，藏匿在生活不便的深山之中，也算是煞費苦心了。

放下死亡證明書，譚曜磊動手翻閱那本相簿，裡面全是房蕙林和房之俞的照片，也有不少許儷與她們的合影。

這是譚曜磊第一次看見房之俞的長相。房之俞的五官精雕細琢，皮膚像雪一樣白皙，笑容純眞可愛，白金色的頭髮更是耀眼奪目。

「我說的都是眞的，如果譚先生不信，大可以拿這些資料再去深入調查。」房蕙林神態平靜。

譚曜磊內心百感交集，好不容易終於找出房之俞的下落，結果迎來的卻是她的死訊。

譚曜磊繼續翻看相簿，目光停在中一張房蕙林、房之俞與許儷的合照上，三個人都笑得很開心，這是張很美的照片。

譚曜磊忍不住問：「許儷這孩子是……」

「小儷也住在這個村子裡，她的親人只剩下爺爺和奶奶，兩位老人家身體都很不好，無法照顧她，我便讓她過來跟我們一起住。她小之俞一歲，跟之俞情同姊妹，我也把她當成自己的孩子。」

「許儷知道之俞身上的祕密嗎？」

「知道，之俞什麼都會跟她分享。我也不介意，因爲小儷是個守口如瓶的好孩子。」

譚曜磊拿著相簿陷入沉默，過了一分鐘才重新對上房蕙林的眼睛。

「妳對我的事了解多少？又是怎麼知道我的？爲什麼會決定主動聯絡我？」直到

現在，他依舊對此百思不得其解。

「我會聯繫譚先生，是因爲之俞。」房蕙林沒有迴避他的注視，緩緩答道，「之俞跟我說，她常聽見有個女人跟她說話，尤其是在睡夢中。那個女人說自己叫蕭宇棠，還說了很多關於你的事，就連你的手機號碼，也是她告訴之俞的。蕭宇棠告訴之俞，你很關心她，一直在尋找她，還說你是她可以信任的人。」

「透過之俞的轉述，我在網路上查找到你的身分來歷，得知你曾經當過好幾年警察，下意識就覺得還是跟你保持距離比較好。」房蕙林並不諱言，「只是後來之俞不在人世了，我又想假如譚先生你果眞如那女人所言，一直在關心且尋找之俞，那麼或許可以讓你知道這件事。」

這個答案令譚曜磊大感意外，卻也恍然大悟。

蕭宇棠不僅曾經透過異能與王定寰產生連結，也對房之俞故技重施，所以當時她才會告訴譚曜磊，她讓房之俞知道他在找她。

但房之俞能夠「感應」到蕭宇棠的能力，就表示房之俞身上的紅病毒反噬程度已經很嚴重了。房之俞忽然心臟病發身亡，或許與此有關。

「之俞本來就有心臟方面的疾病嗎？過世之前，她身上是否出現奇怪的症狀？比方說性情大變、長時間昏睡之類的？」譚曜磊謹愼地提問。

房蕙林搖頭，「過去德因阿姨安排之俞到醫院做過幾次非常詳盡的健康檢查，不曾查出之俞有任何心臟方面的疾病。之俞去世之前，也沒有出現你說的那些症狀，她身體一直很健康，這點小儷可以作證。」

譚曜磊微微皺眉，無法確定房蕙林是否有所隱瞞，便決定暫且先略過這部分。

「之俞有回應過蕭宇棠嗎？」

「沒有，我擔心對方不懷好意，更害怕她是德因阿姨那邊的人，所以我阻止之俞這麼做。」房蕙林的眼神流露出好奇，「譚先生認識蕭宇棠？她是個什麼樣的人？」

「嗯，我認識她，她和之俞一樣，都接受過傅臻身上的器官移植。」

譚曜磊沒有隱瞞，將蕭宇棠從小到大的遭遇、康旭容失蹤的原因，以及吳德因被捕的眞相，全都鉅細彌遺地告訴房蕙林。

聽完之後，房蕙林彷彿遭受打擊，許久過後才出聲：「你的意思是，如果之俞還活著，她就可以接受治療？」

譚曜磊停頓了下，坦白回答：「這點我就不是很確定了。上一任總統願意給宇棠她們機會，然而她在三個月前已經卸任；倘若之俞還活著，現任總統是否會同意放她一條生路，仍是未知數，畢竟紅病毒和赤瞳者爲人類所帶來的威脅實在太大。」

其實譚曜磊在這之前有想過，若是能找到房之俞，而現任總統不願網開一面的話，那麼他就會請袁醫師幫忙，看看能否私下安排房之俞到國外接受治療。

但如今房之俞已然過世，這些設想都不再有必要。

「如果我不被恐懼蒙蔽雙眼，儘早聯絡你，就可以救那孩子一命。」房蕙林臉上的淡然破裂，眼中湧出淚水，「我又一次害了我的孩子。」

「又一次？」譚曜磊敏銳地察覺她話裡的用詞不對勁，「我在調查傅臻的死因時，從一對兄弟手中取得剛剛給妳看的這張照片，這對兄弟倆的母親跟妳姑姑很熟，我從他們的口中聽說妳有過一個孩子。」

房蕙林深吸一口氣，緩慢地點點頭，「是的，我曾經有過一個女兒，因爲我的疏失，導致她發生意外，不幸過世。我姑姑爲了安慰我，邀我去跟她同住一陣子。」

當年房蕙林的丈夫外遇，決意與她離婚，房蕙林還沒能走出傷痛，四歲的女兒某天就趁她不注意，從家裡跑了出去，鄰居當時正在倒車，沒發現小女孩在車後，就這麼撞了上去，小女孩最後傷重不治死亡。

房蕙林受到父母及婆家的強烈譴責，房蕙林的姑姑擔心她想不開，便將她接到家裡住一段時間。見房蕙林渾渾噩噩每天把自己關在房裡，實在不是辦法，於是房蕙林的姑姑便要她代爲參加社區舉辦的旅遊活動。儘管完全沒有出遊的心思，房蕙林迫於姑姑的強勢，也只能無奈答應。

出遊當日，房蕙林魂不守舍站在隊伍後方，等候搭上遊覽車。一名戴著漁夫帽的小男孩冷不防跑到她身邊，用力抓住她的衣襬，低聲央求她帶著他一塊上車。

社區主委劉凱豐注意到小男孩，問房蕙林他是誰，房蕙林正要解釋，男孩卻緊緊牽住她的手，表情像是快哭出來了。

那隻小手傳來的溫暖，令房蕙林登時神思恍惚，改口對劉凱豐說，這名小男孩是她的親戚。

隨後她牽著小男孩坐上遊覽車，還讓他坐在自己旁邊。

等遊覽車駛離社區，房蕙林才意識到自己方才的舉動有多荒唐，連忙詢問男孩的父母在哪裡。

「我爸爸媽媽去天堂了。」男孩神情天眞。

房蕙林心中一凜，又問：「那你的其他家人呢？他們知道你坐上這臺車嗎？你也是這個社區的住戶嗎？」

「不是，我住在社區後面的別墅。我奶奶去上班了，我有留紙條給她，她一回家就會看到。等我拍到花蓮那片海灘的照片，就會打電話給她。」

房蕙林聽得糊裡糊塗，愈想愈覺得不妙，「這樣不好，你奶奶回家發現你不在，一定會很擔心，我們現在打電話給她好嗎？」

「不行，我要給她一個驚喜，如果現在打給她，那就不是驚喜了。」

見男孩堅持不肯透露他奶奶的聯繫方式，房蕙林只好板起面孔，語帶恫嚇道：「至少讓我知道你奶奶是誰，等到了你說的那片海灘，就讓阿姨聯繫她好嗎？如果你還是不答應，那我現在就請司機叔叔把車子開回去。」

男孩面露驚慌，終於肯鬆口：「我奶奶是吳德因。」

「吳德因？」

「嗯，她是德役完全中學的副校長。」

房蕙林呆住了。

過去在小學擔任教職的她，自然知道這位教育界的大人物，也曾聽聞吳德因的大兒子和大兒媳在這幾年不幸雙雙離世，但她沒聽說過吳德因還有個孫子。

看到房蕙林的表情，男孩似乎怕她不信，連忙拉開背包拉鍊，拿出一台上面有恐龍圖案的數位相機，用手指點了螢幕幾下，找出一張照片。

那是張一家五口的全家福照片，吳德因確實也在其中，而且男孩的眉宇與抱著他的年輕男人十分神似。

「阿姨，我是奶奶的孫子，這件事是祕密，請妳不要告訴別人。」男孩小聲地叮囑她，神色緊張。

「爲什麼是祕密呢？」房蕙林不明白爲何吳德因要向外界隱瞞這件事，但見到男孩爲難的表情，房蕙林心軟了，心想吳德因或許有不得已的苦衷，於是不再追問，也答應替男孩保密。

男孩頓時笑逐顏開，說自己今年八歲，名叫傅臻，家人都叫他臻臻。

房蕙林很好奇傅臻爲何要瞞著吳德因獨自去到花蓮海邊，傅臻告訴她，今天是吳德因的生日，而吳德因很喜歡那片海灘，所以他才想要去那邊拍一張照片，作爲送給吳德因的生日禮物。同時，他也想藉此安慰遭逢喪子之痛的吳德因，讓她不再傷心。

聽到吳德因因爲思念逝去的大兒子而躲在房間暗自哭泣，房蕙林竟不由自主跟著落下淚來。

傅臻嚇壞了，關心地問她怎麼了，她尷尬地坦言自己的女兒也在前一段時間過世，性格溫柔貼心的傅臻不僅掏出面紙替她擦眼淚，還宣稱自己的父母會在天堂幫忙照顧她的女兒，要她別難過，童言童語逗得房蕙林破涕爲笑。

「蕙林阿姨，我可不可以跟妳一起照張相？」傅臻舉起他的相機，略微羞澀地開口。

「可以呀。這台相機眞可愛，是奶奶送你的嗎？」

「嗯，奶奶要我用這台相機拍一些喜歡的畫面，我喜歡蕙林阿姨的笑臉，所以想拍下來。」傅臻嘴巴很甜，這番話卻也是出自眞心。

房蕙林再度被他逗笑，傅臻的陪伴，讓她暫時拋卻了心中的陰鬱。

此時主委劉凱豐發放點心餐盒給車上乘客，傅臻津津有味地吃著餐盒裡的巧克力棒，房蕙林注意到他嘴角沾上巧克力醬，找出面紙爲他擦拭，像是一名慈愛的母親。

遊覽車上有卡拉OK設備，劉凱豐挑了一首耳熟能詳的卡通歌曲，指名傅臻演唱。傅臻從未在這麼多人面前唱歌，緊張得不得了，雙手緊緊抓著麥克風，稚嫩清亮的嗓音從一開始的隱含顫抖，漸漸轉爲流暢自然，一曲唱畢博得全車乘客的滿堂喝彩，他露出害羞又開心的笑容。

風雲變色僅在一瞬之間，當有人注意到遊覽車行駛的速度異常，前方就傳來司機驚慌的叫喊，緊接著遊覽車撞上了前方的小客車，多數未繫安全帶的乘客都從座椅上摔出去。

眼看煞車失靈的遊覽車旋即就要撞上山壁，車上所有的乘客迸出驚駭的尖叫，不料尖叫聲卻倏地戛然而止，下一秒眾人全都失去了意識。

在發生意外的第一時間，房蕙林沒多想便伸臂將傅臻牢牢護在懷裡，慌亂之中，她低頭瞥見傅臻那雙漂亮的黑眼珠，竟變成了如血一般的紅色，還來不及感到震驚，她就暈了過去。

待房蕙林再次睜開眼睛時，遊覽車已經停下，傅臻卻不在她的懷裡。她勉力坐起，環顧四周，映入眼簾的畫面卻讓她的心臟幾乎停止跳動。

傅臻雙眼緊閉，滿身是血，軟軟地癱倒在她的身側，她連忙握住他的手，連聲呼喚他的名字，然而他卻掌心冰冷，絲毫沒有反應。

其餘乘客陸續醒來，聽聞房蕙林的哭喊，紛紛湧過來查看，機靈點的更立即打電話叫救護車。

房蕙林本來想陪同傅臻前往醫院，救護人員卻在接到一通電話後嚴正拒絕她同行，她只能眼睜睜地看著救護車將傅臻載走。她失魂落魄地站在原地，隨後注意到傅臻的相機掉落在馬路上，便上前拾起。

她想著必須盡快聯繫吳德因，於是上網找到德役的電話，輾轉聯繫上吳德因的祕書，語氣急促地說：「請轉告吳德因女士，她的孫子傅臻出車禍了，目前已經送往急診室。對了，傅臻遺落的數位相機在我這邊，我想交還給吳德因女士，裡面有些照片很重要。」

房蕙林等了一個多小時，終於等來吳德因祕書的回電，對方請她前往某間醫院與吳德因會面。

前往醫院的途中，房蕙林透過手機察看遊覽車車禍的新聞，卻發現所有的報導內容僅提到小客車上四名大學生死亡、遊覽車上三十五名乘客全部奇蹟地生還，卻對傷重送醫的傅臻隻字未提。

「阿姨，我是奶奶的孫子，這件事是祕密，請妳不要告訴別人。」

房蕙林想起傅臻先前所言，立刻猜到傅臻的消息應該是被刻意壓下來了。

抵達醫院後，很快一名穿著套裝的年輕女性前來與房蕙林會合，並帶著她來到一間會客室。

房蕙林輕輕敲了下門板，隨後推門而入，與一名端莊優雅的女子四目相交。

「妳是房蕙林？」吳德因不動聲色地開口。

房蕙林點點頭，小心翼翼地將手上的相機遞過去，「這是您送給傅臻的相機，今天在遊覽車上，傅臻跟我坐在一起，我……」

「妳怎麼會知道這台相機是我送的？」吳德因打斷她的話，面無表情道：「妳有告訴任何人傅臻是我的孫子嗎？還有，妳有讓別人看過相機裡的照片嗎？」

「沒有！」房蕙林連忙否認，「傅臻跟我說這件事是祕密。」

吳德因逐一檢視相機裡的照片，沒有出聲。

「請問……傅臻的傷勢還好嗎？」房蕙林戰戰兢兢地問。

「他現在陷入了腦死狀態。」吳德因沒有看她，語氣平板。

房蕙林不敢相信這個噩耗，傅臻才八歲，又那麼懂事可愛……

「吳女士，我、我很抱歉沒能夠保護傅臻。」房蕙林滿懷歉疚，忍不住痛哭，「沒想到傅臻會遭遇這種事。遊覽車上的其他人都平安無事，為什麼只有傅臻……這都是我的錯，眞的很對不起。」

她不該心軟答應傅臻的請求，要是傅臻沒有搭上這輛遊覽車，就不會發生憾事。

房蕙林不知道該怎麼向吳德因賠罪，雙膝一軟，跪在對方跟前泣不成聲。

「房小姐，妳先別哭。我需要妳告訴我，爲什麼那孩子會坐上遊覽車？妳又爲什麼會和他在一起？」

房蕙林結結巴巴地將自己與傅臻的相識經過解釋一遍，包括傅臻堅持搭上遊覽車的原因。

吳德因依然沒有表露出任何情緒，口吻冷靜無比，彷彿談論的是陌生人的事，「爲什麼妳不在一開始就拒絕傅臻，貿然帶一個素昧平生的孩子一同出遊？」

房蕙林抽抽噎噎道：「我、我也不曉得我那時候是怎麼了。我唯一的女兒在不久前過世，當傅臻握著我的手、哀求我帶他上車時，我不由得想起了我的女兒，實在不忍心拒絕他……眞的很對不起，我不僅害死我的女兒，還把傅臻害成這樣。如果可以，我願意付出任何代價換回健康完好的傅臻，或者彌補您的損失，就算要拿走我這條命也無所謂。」

說完，房蕙林淚流不止，慚愧地低下頭，不敢再看吳德因。

吳德因彎下身，手輕輕搭在她的肩膀上，她全身一震，猛地抬起頭，對上的竟是一雙慈藹的眼睛。

「妳臉上有傷，卻沒有先去醫院治療，就趕著從車禍現場過來找我，對吧？」吳德因柔聲說：「我本來以爲，妳可能會拿傅臻或傅臻相機裡的照片來威脅我，但妳沒有這麼做，而且從相機裡的照片可以看得出來，傅臻今天過得很開心，這都是妳的功勞。雖然才認識我孫子不久，不過，妳應該很疼愛他吧？」

房蕙林嗚咽出聲，用力點了下頭。

「傅臻的事，我不怪妳，這不是妳的錯，錯的是上天，祂不該對妳如此殘酷，讓妳先是失去心愛的女兒，又讓妳面臨傅臻的不幸，我能理解妳的感受，妳一定很痛不欲生吧。」吳德因替她擦去淚水，「妳說妳願意彌補我，這句話是眞的嗎？」

「是眞的！請務必讓我這麼做，只要能彌補您，要我做什麼都可以！」房蕙林像是在茫茫大海中抓住一根浮木，立刻抱住吳德因的雙腿。

「好，我要妳做的第一件事是把自己藏起來，妳做得到嗎？」吳德因的唇角浮現一抹奇異的笑意，「外界不知道傅臻和我的關係，甚至不知道傅臻的存在，我會把這件事壓下去，不會有人聽聞傅臻坐上那輛遊覽車，以及他在遊覽車上發生了什麼事。」

雖然不明白吳德因的用意，但房蕙林一心只想取得吳德因的原諒，不假思索便點頭答應。

「妳確定妳能做到？這表示妳必須和所有的親朋好友斷絕往來，包括家人。」

「……嗯。」房蕙林眼神絕望，表情淒然欲絕，「現在的我，幾乎也等同於和所有的親朋好友斷絕往來了，自從我害死我女兒之後，我爸媽對我非常失望，只剩下我姑姑一個人還願意跟我說話。」

吳德因再次爲她擦去眼淚，嘴角的笑意變得更深，「妳放心，就算全世界的人都怪罪於妳，我也會站在妳這一邊。接下來，我會從上天的手中，把我們失去的東西奪回來。」

一個月後，房蕙林才明白吳德因這番話代表了什麼。

吳德因告訴她，她已經將傅臻身上的部分器官，捐贈給需要的病童。接著吳德因帶她去到一間病房，病床上躺著一名非常漂亮的女嬰，頭髮是美麗的白金色，皮膚雪白。

「她叫余寧寧，剛滿一歲。得到的是臻臻的肝臟，今後她的人生將得以繼續下去。」吳德因溫柔地看著房蕙林，「妳願意照顧這個孩子嗎？」

房蕙林愣住了，「我不懂您的意思。」

「我想讓她成爲妳的孩子。」吳德因微微一笑，「我說過，我會將我們失去的東西奪回來，這個孩子就是了。我希望妳能替我好好撫養她長大。」

房蕙林瞪圓了雙眼，不敢相信自己聽見的，「我、我怎麼可以？而且這個孩子的父母……」

「她是白化症患者，一出生就被丟棄，無父無母。只要妳願意，從今天開始妳就是她的母親，後續的一切我會替妳處理，妳什麼都不必擔心。」

房蕙林啞口無言，心跳驀地失控加速。

她走到床邊，凝視女嬰甜美安詳的睡顏，喃喃道：「我眞的可以擁有這個孩子，成爲她的母親？」

「當然。」吳德因點頭，眼神變得認眞，「但在這之前，我得先讓妳知道一個祕密，如果妳想擁有這個孩子，就必須永遠守口如瓶。」

抵擋不住再次擁有一個孩子的誘惑，房蕙林很快答應。

吳德因沒有隱瞞，把傅臻身負異能，以及當他施展能力，眼珠會轉紅一事全盤托出，房蕙林心下駭然，起先還半信半疑，然而她隨即想起，在遊覽車上陷入昏迷前，她看見傅臻的眼睛變成如血一般的紅色。

原來那竟然不是幻覺……

況且倘若吳德因所言屬實，是傅臻動用異能阻止遊覽車撞上山壁，那麼全車乘客同時陷入昏厥，且奇蹟般地僅有寥寥幾人受到輕傷，就有了合理的解釋，就連吳德因為何會向外界隱瞞傅臻的存在，也有了答案。

透過器官移植，余寧寧可能也將擁有和傅臻一樣的異能。

這時床上的女嬰恰巧睜開了眼睛，對著房蕙林綻露出如天使般純淨的笑顏，一點也不怕生。

房蕙林情不自禁伸出一根手指觸碰女嬰，女嬰立刻笑嘻嘻地抓住她的手指不放，像是選中了她成為自己的母親。

她心中一陣激盪，再無猶豫，她無論如何都想擁有這名女嬰。

於是房蕙林答應吳德因提出的條件，獨自帶著女嬰到鄉間定居，並將女嬰改名為房之俞，母女倆度過一段平靜幸福的時光。

房蕙林遵循吳德因的要求，沒讓房之俞上學，也極少讓她曝露在外人面前。

兩年後的冬天，一名長相白淨斯文的男人突然出現在房蕙林的家門前。

男人說他叫康旭容，是德役的校醫，專程前來為房之俞檢查身體，而他已事先徵得了吳德因的許可。

房蕙林當場打電話給吳德因，證明康旭容所言非虛後，才放心讓他進屋。

康旭容耐心地與房之俞閒聊一陣，消弭她對陌生人的戒心後，才柔聲詢問她：「之俞，妳最近有沒有感覺哪裡不舒服？或是做了什麼奇怪的夢？」

「沒有。」房之俞搖頭。

康旭容先是使用聽診器仔細為房之俞聽診，過程中房之俞的眼睛一直盯著康旭容看，康旭容微微一笑，驀地起了玩心，把自己的額頭輕輕抵在她的額頭上，此舉引來女孩的一陣咯咯輕笑。

「怎麼了？」康旭容嘴角笑意更深，「妳喜歡醫生叔叔跟妳額頭貼額頭？」

房之俞又嘻嘻笑了兩聲，沒有回答，像是不好意思承認。

見狀，房蕙林莞爾道：「除了德因阿姨，平時沒人會來家裡，看來之俞挺喜歡親近康醫生。」

「原來如此，或許是因為之俞能感覺得到，我不會傷害她。」康旭容看著房之俞，意味深長地說完這句話後，從口袋拿出一枚十元硬幣，「之俞，我們玩個遊戲，妳猜猜看這枚硬幣在醫生叔叔的哪一隻手上，如果妳連續十次都猜對，叔叔就送妳一個禮物。」

康旭容兩隻手握成拳頭放到房之俞面前，房之俞不假思索指向他的右手。

如此重複十次，女孩每一次都猜對，房蕙林已經覺得很不可思議，誰知康旭容接下來說的話更讓她吃驚。

「那我們再來玩另一個遊戲，我們一起閉上眼睛，數到三後睜開，誰的眼睛改變顏色就獲勝。如果之俞這次也贏了，叔叔還會再送妳其他禮物。」

房之俞沒有說話，卻是一臉躍躍欲試。

康旭容和房之俞一同閉上眼睛，等康旭容數到三後，兩人同時張開眼睛，而坐在一旁旁觀的房蕙林瞬間倒抽了一口氣，神情驚恐。

房之俞的眼睛變成了如火焰般的赤紅色。

康旭容不動聲色道：「之俞，妳的眼睛變成很漂亮的紅色呢，所以是妳贏嘍。妳是什麼時候知道自己可以改變眼睛顏色的？」

房之俞歪著腦袋回答：「醫生叔叔說要玩眼睛變色遊戲的時候。」

「我明白了，那妳現在可以把眼睛顏色變回去嗎？然後叔叔就會把禮物給妳。」

康旭容話一說完，房之俞的眼睛立刻恢復原來的瞳色。

接過康旭容送的兩個布偶，房之俞乖乖去到房間玩，房蕙林和康旭容留在客廳談話。

「吳校長是否有告訴妳，之俞接受傅臻的器官移植後，被紅病毒感染，成爲赤瞳者，且擁有異能？」康旭容面色嚴肅。

「德因阿姨只跟我說，之俞和傅臻疑似是遭到病毒感染，才會擁有異能，並沒有說他是被什麼紅病毒感染，也沒跟我說過什麼是赤瞳者……紅病毒很可怕嗎？之俞不會怎樣吧？她的身體一直都很健康。」房蕙林囁嚅道。

康旭容向房蕙林解釋，吳德因也是在紅病毒感染者開始受到世界各國醫學組織重視後，才終於知道奪去她兒子及媳婦性命的病毒，叫做紅病毒，而像傅臻和房之俞這樣擁有異能的紅病毒感染者，即爲所謂的赤瞳者。當年接受傅臻身上器官移植手術的六名孩童，目前已有兩名死亡，而在他們死前，由於異能失控，導致眾多無辜人士傷亡，吳德因的小兒子傅煒也爲此引咎自殺。最可怕的是，吳德因卻沒有打算停手，妄想製造出更多的赤瞳者。

「房小姐，妳覺得吳校長爲何隱瞞妳這些內幕？以及她將打算如何製造出更多的赤瞳者？」康旭容別有深意地看了房蕙林一眼。

「我、我怎麼會知道。」

「房之俞當初是怎麼成為赤瞳者的，吳校長之後也會透過同樣的手段如法炮製。我強烈懷疑，這就是她瞞著妳的主要原因。」

「這是什麼意思？你說她會使出同樣的手段，製造出更多赤瞳者，可是她要用誰身上的器官再度進行移植手術？」房蕙林哆哆嗦嗦地開口。

「妳覺得呢？」

聽懂康旭容的言下之意，最後一絲血色也從房蕙林的臉上褪盡。

吳德因的殘酷和刻意欺瞞，讓房蕙林陷入驚慌失措，儘管仍無法辨明康旭容是敵是友，她還是選擇向康旭容求助。

「你為什麼要告訴我這些？你是來幫我們的嗎？我們該怎麼辦？我要怎麼做才能保護之俞？」

「我這趟過來，確實是來幫妳們的。再過不久，吳校長有事要出國一段時間，我打算趁這個機會帶妳和之俞一起離開。」

房蕙林被康旭容說服，最後答應了下來。

康旭容特別叮囑房蕙林，不能讓吳德因得知房之俞的異能已然覺醒，待時機成熟，他會通知房蕙林後續該如何行動。

「你怎麼知道之俞的異能已經覺醒？是因為她可以改變自己的瞳色，而且每一次都猜中你把硬幣藏在哪隻手裡嗎？」房蕙林忍不住問。

「嗯，隨著年紀增長，之俞覺醒的異能將愈來愈多，同時也可能愈來愈容易失控。紅病毒遲早會對她的身體造成反噬，所以最好教導之俞盡量不要動用異能，以降低紅病毒反噬的程度。」康旭容耐心說明。

康旭容離開前，房蕙林把房之俞從房間裡叫出來，康旭容蹲下握住女孩的手，再次笑著與她額頭貼著額頭。

「之俞，我們很快會再見面，到時候妳再告訴醫生叔叔，妳爲什麼我喜歡這麼做，好嗎？」

「好。」房之俞羞怯回答，凝視著他澄澈的棕色眼瞳，小小聲地說：「醫生叔叔，你眼睛的顏色好漂亮，好像水晶喔。」

「謝謝妳的讚美。」康旭容露出發自內心的溫柔微笑，「之俞，妳知道嗎？妳是特別的。」

房蕙林當下沒能明白，康旭容當時說的「特別」是指什麼，也再沒有機會問。因爲這是她第一次，也是最後一次見到康旭容。

康旭容說好來接她們的那天，吳德因打了視訊電話過來，並要求房蕙林讓鏡頭轉向房之俞，當她看見房之俞抱著布偶坐在客廳看卡通時，她的神情明顯放鬆了下來。

「康醫生有再跟妳聯繫嗎？」

「康醫生？沒有啊。怎麼了嗎？」房蕙林努力讓自己的聲音聽起來自然。

「蕙林，妳仔細聽我說，康旭容打算搶走之俞，妳們繼續待在那裡很危險，妳趕快帶之俞離開。」吳德因嚴肅吩咐。

房蕙林在驚悸中結束這通電話，她從衣櫃裡取出早就準備好的行李，迅速帶著房之俞離家。

坐在計程車上，房蕙林再次接到吳德因打過來的電話。

「我們搭上計程車了，接下來該怎麼做？」

「妳先找間旅館待著，隔天再找個能保護好之俞的落腳處。目前康旭容行蹤不明，我懷疑他會直接找上妳們。若發現妳們不見了，之後他很可能會動用其他方式，逼我供出妳們的下落，所以先不必告訴我妳們去了哪裡，也暫時別接任何人的電話。等這波危機過去，我再想辦法聯絡妳。」

「我明白了。」房蕙林深吸了一口氣，「康醫生爲什麼要搶走之俞？我能知道原因嗎？」

「他覬覦之俞身上的異能，想從中謀取利益，於是與境外勢力勾結，要把之俞帶往國外。妳一定要提高警覺，絕不能讓之俞被找到。」

下了計程車後，站在市區的馬路邊，房蕙林低頭盯著手機螢幕，康旭容始終沒有捎來任何音訊。她心中湧上一股強烈且不祥的預感，康旭容很可能已經出事了。

「媽媽，我們來這裡做什麼？醫生叔叔不是要來接我們嗎？」房之俞仰起小臉疑惑地問她，手裡仍牢牢抱著康旭容送的布偶。

望著房之俞純真的面容，房蕙林擦去眼角的淚水，在心中做下一個決定。

她先是將手機關機，再把手機丟進路邊的垃圾桶，然後帶著房之俞坐上另一輛計程車，頭也不回地離去。

第六章

聽完房蕙林帶著房之俞從吳德因身邊逃走的經過，譚曜磊的心情很沉重。

「造就一切悲劇的始作俑者是我。」房蕙林凝視傅臻的那張照片，聲音毫無起伏，「如果當年我沒有答應傅臻，帶著他一起搭上遊覽車，傅臻不會出事，德因阿姨也不會因爲傷心欲絕，而做出那樣可怕的事，這都是我的錯，所以不管我逃了多久、逃得多遠，報應終究會落到我身上。如今我確實受到了懲罰，我失去了之俞，也即將失去陪伴在小儷身邊的資格。」

譚曜磊隱隱覺得不對，「這是什麼意思？」

「譚先生，很抱歉，我對你說了謊。之所以聯絡你，其實是因爲我沒有多少日子可活了。之俞過世不久，我也被查出罹患乳癌末期，隨時可能會死，對我這種人來說，死亡並不可怕，但是我放心不下小儷。」房蕙林抬頭看向他，「於是我想到了你，如果蕭宇棠對之俞說的那些是真的，或許我可以把小儷託付給你。」

譚曜磊無法掩飾心中的錯愕，「把小儷託付給我？」

「是的，小儷的爺爺和奶奶都已年邁，且有病在身，恐怕也無法照顧她太久。小儷和之俞雖然與我沒有血緣關係，但我疼愛她們的心情絕對不輸給她們的親生母親，我不想讓小儷孤單一人長大。」

房蕙林眼眶一紅，哽咽道：「你和我們非親非故，還向你提出這種請求，實在很不應該，不過我實在沒別的辦法了，我真的很希望往後能有像譚先生這樣的大人守護著小儷，讓她快樂平安長大。如果你願意答應這個請求，作爲條件交換，我也會爲你結束這一切。」

譚曜磊眉頭微蹙，「妳這是什麼意思？」

「我會去向警方自首，表明之俞已經死亡，不會再給社會帶來威脅。」房蕙林斬釘截鐵道，「請你放心，我不會把你牽涉進來，也不會提到小儷的事。」

「如果我不同意呢？既然房之俞都過世了，我大可以就此抽身。」譚曜磊不動聲色道。

房蕙林眼神淒苦，咬緊了下唇，「譚先生，你確實沒有義務幫這個忙，只是我的日子不多了，我希望能在離開人世之前，將我親手導致的悲劇劃上句點。我守護不了自己的女兒，守護不了傅臻和之俞，只求至少能夠守住小儷……譚先生，求你幫幫我吧。」

看著房蕙林的眼淚，譚曜磊沒有立即給出答覆，他很同情房蕙林的遭遇，可是答應接手照顧一個小女孩又是另一回事。

之後房蕙林請譚曜磊留下來吃頓飯再走，便匆匆走進了廚房。

而譚曜磊來到屋外，想要整理一下腦中雜亂無章的思緒。

不久耳邊傳來一道稚嫩的歌聲，譚曜磊尋聲走到附近一棵大榕樹下，看見許儷獨自坐在用輪胎做成的鞦韆上，一邊盪鞦韆一邊哼歌。

辨明女孩嘴裡哼唱的歌詞後，譚曜磊呆住了。

如果風停了　樹就不歌唱了
如果燈亮了　星星就不來了
如果　如果
如果你在笑　我就不傷心了
如果你在尋　我就會等你了
如果你在看　我就在這裡了
我就在這裡了

注意到有人走近，許儷停止歌唱，回過頭來，向譚曜磊露出一個大大的笑容。

「叔叔！」

譚曜磊目不轉睛地看著許儷清秀純淨的眉眼，好一會才有辦法出聲。

「叔叔可以叫妳小儷吧？妳怎麼會唱這首歌啊？」

「是我姊姊教我的，她叫亞聆，這是我們最喜歡的歌。」

譚曜磊邁開步伐，走近許儷的身旁，「那之俞……我是說亞聆，她有沒有告訴妳，她是從哪裡知道這首歌的？」

許儷朝屋裡偷覷一眼，神祕兮兮地問：「阿姨有跟叔叔說過亞聆姊姊的祕密嗎？如果她沒有跟你說，我就不能告訴你。」

「嗯，她跟叔叔說了，要是不信，妳可以去問她。」

「不用了，我相信叔叔不會騙我。」許儷從鞦韆站起來，示意譚曜磊俯下身，她貼在他的耳邊悄聲說：「亞聆姊姊很常聽見一個不認識的女人跟她說話，那女人還會對她唱這首歌。聽過幾次之後，亞聆姊姊也學會唱了，就把這首歌教給我。」

果然如此。

先前蕭宇棠暫住在譚曜磊家裡時，曾經從他的筆電裡看過一段小蒔參加學校歌唱比賽的影片，當時小蒔唱的就是這首歌。

「叔叔，亞聆姊姊跟我說過，她其實很想見叔叔一面喔。」許儷拉了拉譚曜磊的衣襬。

「爲什麼？」

「因爲她很喜歡你。她從那個女人那裡聽到很多叔叔的事，覺得叔叔是個很好的人！」

不知爲何，譚曜磊心頭有些酸澀。

此時屋內飄出陣陣誘人的飯菜香味，許儷想了想，小聲開口：「叔叔，你會留下來吃午飯嗎？」

「會啊。」

她眼睛一亮，話聲裡充滿喜悅，「吃完午飯之後，我帶你去看瀑布好不好？那裡很漂亮，我跟亞聆姊姊常常去那裡玩！」

不想讓女孩失望，譚曜磊笑著答應了。

許儷開心得高聲歡呼，拉著譚曜磊回到屋裡。

房蕙林煮了一桌豐盛的菜餚，許儷乖巧地幫譚曜磊盛飯、遞餐具，還要他儘管吃，不用客氣，那副小大人的模樣逗得譚曜磊忍不住笑了出來。

而房蕙林與許儷言笑晏晏，互動親暱，兩人情同母女。

「叔叔，我最喜歡吃豬排鐵板麵了，今天也拜託阿姨煮了這個，你喜歡嗎？」

「喜歡。」

「耶，我跟叔叔喜歡的食物是一樣的！」許儷對著他笑眯了一雙眼睛。

譚曜磊凝視著女孩的笑臉，嘴角不自覺跟著微微勾起。

吃完飯後水果，許儷知會過房蕙林後，就帶譚曜磊去看瀑布。

那座瀑布距離房蕙林的住處不遠，來回路程加上停留欣賞瀑布的時間不過一個多小時。

兩人回來後，天氣驟變，下起了大雷雨，眼看雨勢沒有減緩的趨勢，房蕙林請譚曜磊不妨多留一會再離開。

「叔叔，外面雨還是很大，你開車下山很危險，要不要在我們家住一晚，等明天雨停了再走？我可以把我跟亞聆姊姊的房間讓給你，我去跟阿姨睡。」許儷望著窗外的傾盆大雨，扭頭對譚曜磊說。

房蕙林附和許儷的提議，「是啊，譚先生不嫌棄的話，就在這裡留宿一晚，畢竟你開車回台北也要花不少時間。」

許儷亮晶晶的眼睛裡充滿期待，令譚曜磊陷入了猶豫。

他尋思反正也沒什麼要事得趕著回去處理，雨勢確實也很驚人，最後就答應了。

吃過晚餐，房蕙林把一套乾淨的男性換洗衣物交給譚曜磊。

「你決定留下後，小儷馬上跑去跟鄰居借了這套衣服，說要給你穿。」房蕙林笑容溫和，譚曜磊感謝地接過。

洗完澡後，譚曜磊走進許儷和房之俞的房間，裡頭的陳設相當樸實簡單，一張雙人床、一張二人共用的書桌，一個木製的四層書櫃，以及一座衣櫃。

譚曜磊來到書桌前，發現桌上同樣的文具用品都有一式兩份，桌角堆著好幾本作業簿，他隨手翻了翻，注意到有一本作業簿的姓名欄寫著「何亞聆」。

即使房之俞已經過世，這個房間仍然充滿她和許儷共同生活過的痕跡。

夜裡，譚曜磊躺在床上聽著窗外的雨聲，難以成眠。

也不知道過了多久，忽然傳來一陣敲門聲，他立刻從床上坐起。

「請進。」

穿著睡衣的許儷打開門，手裡捧著一個馬克杯。

「叔叔，」許儷輕聲說：「我剛剛去廁所，聽到你在房間裡咳嗽，怕你喉嚨不舒服，所以幫你倒了溫開水。」

譚曜磊起身上前接過杯子，「謝謝，妳還沒睡嗎？」

「嗯，我還不睏，但阿姨睡了。那我不吵叔叔了，叔叔晚安。」

「小儷。」譚曜磊叫住她，停頓了一下才問：「要是妳不睏，要不要跟叔叔聊天？」

「好啊。」

讓許儷坐在柔軟的床上，譚曜磊靠著牆壁在她對面席地而坐，這個角度讓他可以清楚看見女孩臉上的表情。

「妳平常有在上學嗎？」

他觀察過書櫃裡的書籍，教科書的數量不多，也沒看見書包。

「離這裡最近的小學，走路加上坐車要花一個多小時，爺爺奶奶也沒有錢繳學費。」許儷搖頭，臉上沒有失望之色，「不過玟月阿姨會教我和亞聆姊姊讀書，她以前是老師喔。」

「這樣啊。」譚曜磊又問：「小儷，妳知道玟月阿姨生病了吧？」

「嗯。」

「妳其實也知道，阿姨爲什麼要找叔叔過來，對嗎？」

這次許儷過了好一會才應聲：「……嗯。」

譚曜磊望著她的眼眸，平靜地開口：「這些妳都知道，所以妳一直很努力想討我歡心。我猜是亞聆姊姊告訴妳，妳今天唱的那首歌，對我很重要，所以妳故意唱給我聽；她也告訴妳，我喜歡吃豬排鐵板麵，妳才會說妳最喜歡吃豬排鐵板麵。妳是不是很希望叔叔能夠喜歡妳？」

許儷眼中閃過清晰的驚慌，顯得不知所措。

「是玟月阿姨要妳這麼做的嗎？」

「不是！」許儷連忙澄清，卻不敢再迎上譚曜磊的視線，她的聲音像是快哭出來了，「叔叔，你不要生氣，也不要告訴阿姨好不好？」

「叔叔沒有生氣啊，也沒有要告訴阿姨。我只是想知道，小儷妳心裡是怎麼想的？妳眞的想跟叔叔一起生活嗎？」譚曜磊趕緊解釋。

許儷抱著膝蓋，輕輕點了下頭，「因爲這樣……阿姨才會放心。阿姨一直很擔心，等她不在以後，就沒人照顧我了。我不想讓阿姨繼續爲我煩惱，而且阿姨還說，只有叔叔答應照顧我，她才願意去住院。」

看著許儷臉上那抹不該屬於她這個年紀的悲傷，譚曜磊有些心疼。

「叔叔，你可不可以答應照顧我？我一定會乖乖聽叔叔的話，不惹你生氣。」許儷淚眼汪汪地哀求，「如、如果叔叔不想照顧我，也沒關係，我們先騙阿姨說你答應了，等阿姨不在以後，你再把我送回奶奶家，好不好？」

譚曜磊一時難以接話，只能先這麼回應，「叔叔會考慮的。好了，夜很深了，妳該回去睡覺了。」

送走許儷後，譚曜磊躺在床上翻來覆去，在天色將亮之際才不知不覺睡過去。

譚曜磊睡得並不安穩，一下子就被門外的交談聲吵醒，房蕙林問許儷怎麼眼睛腫腫的，許儷解釋自己昨晚做了惡夢，沒有睡好。

譚曜磊心裡明白，許儷昨晚從他房裡離開後，應該是偷偷哭過了。

早餐桌上，許儷對待他的態度絲毫未改，依然殷勤地替他倒果汁和布置餐具，只是顯得有些無精打采。

吃完早餐後，趁許儷在廚房清洗餐盤，譚曜磊問房蕙林，許儷的爺爺奶奶家離這裡開車要多久時間。

「開車過去不是很方便，走路的話大概十五分鐘左右。怎麼了嗎？」

「我想見見小儷的爺爺奶奶，還有，如果可以，我也想去一趟之俞的墓地。」

房蕙林沒有異議，「我讓小儷帶你去。」

前往小儷爺爺奶奶家的路上，儘管許儷仍舊主動與譚曜磊聊天，但言談之間變得小心翼翼，也沒再提及昨晚的話題。

走了一陣，兩人來到一處簡陋破敗的民宅。

許儷一邊大聲喊爺爺奶奶，一邊推開沒有上鎖的大門跑了進去。譚曜磊跟在她的身後，立即聞到一股刺鼻的異味，那是尿騷味混合老人體味的惡臭。

整間屋子約莫十五坪，室內沒有隔間，光線昏暗不明，角落的床上躺著一名面容乾枯的老人。

許儷走近床前，扭頭用氣音告訴譚曜磊：「爺爺還沒醒。」

隨後她細心地幫老人蓋好被子，彎身撿起掉在床邊的髒亂衣物，丟進擺在門口的洗衣盆裡。

「叔叔，我奶奶不在，我先帶你去看亞聆姊姊好嗎？」

「好。」譚曜磊點點頭，忍不住仔細打量屋裡。

即便先前已知許儷家境欠佳，但眼前所見比他想像中還要更惡劣。不大的屋裡堆滿髒亂的雜物和回收物資，連一張能讓許儷好好讀書寫字的桌子都沒有，甚至連燈都是壞的。

看著這一幕，譚曜磊便理解，爲何明明帶著房之俞生活，最好盡量不與外人往來，房蕙林卻選擇冒險讓許儷與她們同住。許儷爺爺奶奶家的窘迫情況，是無法供這孩子健康長大的。

離開之前，譚曜磊注意到掛在牆壁上的一幀全家福照片，其中的老夫婦想必是許儷的爺爺奶奶，還只有兩、三歲的許儷被一名中年男人抱在手上，男人旁邊則站著一個短頭髮的年輕女人。

走在鄉間小路上，譚曜磊問起那張照片，許儷說抱著她的那名中年男人是她的父親，至於短頭髮的年輕女人則是她的姑姑。

「我出生不久，我媽媽就跑掉了，爸爸和姑姑也在我很小的時候相繼生病過世。」許儷輕描淡寫說道，「有一次我和亞聆姊姊玩得太晚，玟月阿姨送我回家，發現爺爺奶奶的身體都不太好，就跟他們說想讓我住在她那邊。」

「這樣啊。」譚曜磊的語氣不自覺帶上了幾分沉重。

「嗯，叔叔你……」許儷忽然止住話。

譚曜磊側頭對她笑了笑，「妳想說什麼就說吧，叔叔不會生氣。」

許儷放心了，鼓起勇氣問：「叔叔是不是也有一個女兒？」

「嗯。」譚曜磊承認，「這也是亞聆姊姊告訴妳的。」

許儷點頭。

「妳不害怕她身上那些不可思議的力量嗎？」譚曜磊有些好奇。

「不會啊，亞聆姊姊又不會用那些力量傷害我，所以我不怕。」說著，她露出天真無邪的笑容。

譚曜磊想了一下，又問：「亞聆姊姊除了告訴妳，她想見我，還說了我什麼事嗎？」

這次許儷思索的時間長了些，像是在努力回憶。

「亞聆姊姊很羨慕叔叔的女兒。」她說話的時候一臉嚴肅，不像是在開玩笑。

譚曜磊微愣，「爲什麼？」

「那個叫蕭宇棠的女人，說叔叔是個溫柔又勇敢的好爸爸。亞聆姊姊從小就沒有爸爸，她很羨慕叔叔的女兒。」許儷烏黑靈動的眼眸閃爍著光芒，「亞聆姊姊還說，或許只要一直唱那首歌，叔叔就會找過來，所以她很常唱那首歌，我聽久了也學會唱了，結果現在叔叔眞的找過來了耶，好神奇喔！」

譚曜磊沒有接話，任憑一股難言的酸澀在心頭肆意蔓延。

沒過多久，兩人來到一片長滿野花的寬廣田地。

此時一縷陽光穿過晦暗的雲層，許儷指著眼前美麗的花海說：「亞聆姊姊很喜歡花，玟月阿姨把她的骨灰埋在底下。想念亞聆姊姊的時候，我們會一起過來看花，我也常一個人過來這裡陪亞聆姊姊說說話。」

那名自己找尋許久的女孩已長眠於此，譚曜磊望著這片花海愣怔出神。

折返回到許儷的爺爺奶奶家時，許儷的奶奶回來了，但老人家重聽很嚴重，譚曜磊無法和她順利溝通；而許儷的爺爺也因過去中風留下的後遺症，說話含糊不清、顚三倒四，譚曜磊只能提前告別，帶著許儷回到房蕙林的住處。

譚曜磊告訴許儷，他有話跟房蕙林說，要她先去外面玩，許儷沒有多問，乖巧地點頭，轉身走出門外。

「妳是因爲小儷的爺爺奶奶身體不好，家境困窘，才會把她接過來吧？」譚曜磊看著她。

「是的，我第一次見到小儷時，她骨瘦如柴，長期營養不良，還出現貧血、免疫力下降等症狀，這樣下去遲早會出事，所以我才會想辦法說服她奶奶允許我照顧小儷。」

譚曜磊想了想，又問：「妳說妳願意向警方自首，但妳要如何證明亞聆就是之俞？只憑那份死亡證明書是不夠的，警方還是會對妳的說詞抱持懷疑。」

房蕙林默然半晌，轉身進到臥室，取出一顆放在透明夾鏈袋裡的牙齒。

「這是之俞掉下來的乳牙，把這顆牙交給警方進行鑑識，應該就能證實她的身分。」她把夾鏈袋交給譚曜磊

看著袋裡的牙齒許久，譚曜磊閉了閉眼，深吸一口氣，「房小姐，請妳幫個忙，替我跟小儷的奶奶協商。」

「譚先生的意思是……」房蕙林不敢置信。

「我答應照顧小儷。」譚曜磊沉聲說，「我需要妳協助代爲與小儷的奶奶商量這

件事。」

房蕙林欣喜若狂，還未開口，兩行眼淚已先奪眶而出。她雙腳一軟，跪在譚曜磊跟前向他磕頭，嘴裡不斷喃喃道：「譚先生，謝謝你，眞的眞的很謝謝你！」

譚曜磊連忙阻止她的舉動，並將她拉起來。房蕙林仍不斷哭著向他道謝，並高聲喚許儷進屋，跟她宣布這個好消息。

許儷眼眶發紅，卻沒有掉下眼淚，只是望著譚曜磊，用沙啞的聲音對他說：「謝謝叔叔。」

在房蕙林的陪同下，譚曜磊再次前往許儷的爺爺奶奶家。

房蕙林告訴許儷的奶奶，表明她生了重病，時日無多，即將入院接受治療，而譚曜磊是她的故交，深得她的信任，是個可以放心託付的對象，如果能將許儷交給譚曜磊照顧，譚曜磊一定會對許儷視如己出。

或許是體認到以自己的能力，並沒有辦法給孫女更好的生活，許儷的奶奶沒有考慮多久便答應了，譚曜磊也做下承諾，會常帶許儷回來探訪兩位老人。

離開許儷的爺爺奶奶家後，譚曜磊向房蕙林表示，他先回台北安排一些事，再過來接許儷。

抵達台北家中，譚曜磊收到袁醫師的問候訊息，正好譚曜磊有事想請教他，於是打了電話過去。

譚曜磊沒有說出房蕙林的事，而是先隱晦地向袁醫師探問。

「赤瞳者有可能會死於疾病嗎？還有，有沒有可能明明體內紅病毒反噬情況嚴重，而該名赤瞳者卻行動如常，沒有出現任何異狀？」

「過去是有這樣的個案沒錯。」袁醫師侃侃而談，「就我手邊的研究案例看來，有些紅病毒感染者死於異能失控，也有些死於其他疾病。紅病毒確實可能會引發各種潛在疾病，也會加速癌細胞增長的速度。至於你問的第二個問題……如果眞有這種情形，應該只有一個可能，就是這名赤瞳者跟傅臻一樣，身體與紅病毒共存的能力相當強，不過這只是我的推測。嚴格來說，發病之後還能撐過十年以上的第二型感染者，我認爲是不太可能存在的。」

「我明白了，謝謝您。」

結束通話後，譚曜磊陷入沉思。

房蕙林曾言，康旭容說過房之俞是「特別」的，會不會他指的其實是她與紅病毒共存的能力，優於蕭宇棠和馮瑞軒等人？

很快到了譚曜磊約好去接許儷的那日，房蕙林已將住處清空，也將她與許儷各自的行李打包好，待許儷一走，她也將離開這裡。

臨別前，房蕙林撫摸許儷的臉頰，再三叮嚀：「小儷，妳要乖乖聽譚叔叔的話，不可以給人家添麻煩，知道嗎？」

許儷點頭，努力不讓眼中的淚水滾下，哽咽問：「阿姨……我可不可以叫妳一次『媽媽』？」

房蕙林跟著眼眶轉紅，重重點了下頭。

許儷立刻伸手用力抱住她，低聲喚道：「媽媽。」

房蕙林淚流滿面，兩人緊緊相擁許久，房蕙林依依不捨地放開她，拉著許儷坐上車子，並爲她關上車門。

房蕙林深吸一口氣，看向站在一旁的譚曜磊，「等一下我就會去自首。譚先生，我絕不會忘記你的大恩大德，謝謝你給我贖罪的機會。」

譚曜磊內心百感交集，由衷道：「我會照顧好小儷，妳儘管放心。」

「謝謝你，也對不起。」房蕙林顫聲說，「我眞的很抱歉……請你永遠別原諒我。」

與房蕙林道別後，譚曜磊坐上駕駛座，並發動車子。

許儷降下車窗，把頭探出車外，回頭望著在原地目送他們遠去的房蕙林，直到她的身影徹底消失在視線中。

去台北的路上，許儷始終心情低落，安靜坐在副駕駛座上。譚曜磊沒有出聲打擾，僅打開音響，讓悠揚的輕音樂迴盪在車內。

過了約莫兩個小時，許儷睡著了，譚曜磊接到了一通電話。方署長通知他，房蕙林剛剛向警方自首了。

房蕙林聲稱自己這幾年帶房之俞四處逃亡，居無定所，房之俞過世後，她將房之俞的骨灰灑入大海。由於她死期將近，便決定向警方供出眞相。

儘管還有許多疑點尚待釐清，但警方已經從房蕙林的自白及提供的證據，確認了她的身分，接下來將會安排她住院治療，同時接受調查。

結束通話後，譚曜磊側頭望了眼沉沉睡去的許儷，女孩昨晚應該爲了今日的離別而徹夜輾轉難眠吧，她的眼下一片烏青。

房蕙林遵守諾言前去自首，且完全沒有提及他和許儷，想必她所提交給警方的證據裡也不會留下與許儷相關的蛛絲馬跡。

即將經過休息站時，許儷醒了過來，睡眼惺忪。

譚曜磊問她想不想去洗手間，她點點頭，於是他把車開進休息站，爲她買了罐果汁，二人迎著風坐在戶外的露天座位上，眺望遠方風景，稍作歇息。

「我剛剛接到妳玟月阿姨的電話，她準備住院了。」譚曜磊稍微變更事實。

許儷又是一副泫然欲泣的模樣，她帶著鼻音說：「謝謝叔叔，這樣阿姨應該就能放心了，之後再麻煩叔叔把我送回奶奶家。」

譚曜磊愣了下，原來這孩子認爲，他只是假裝先答應房蕙林的要求。

「妳想回奶奶家嗎？」

許儷抿唇，沒有回答。

譚曜磊仔細留意她的表情變化，「如果可以，叔叔當然不願意讓妳跟家人分離，但坦白說，現階段我不希望妳繼續留在爺爺奶奶家生活，就這樣把妳送回去，叔叔無法放心。」

「那……叔叔就把我送去其他能讓你放心的地方？」許儷不確定地說。

譚曜磊挑眉，「妳有想到那是哪裡嗎？」

許儷一本正經地思索，不久便迸出一個提議：「社會局？」

譚曜磊失笑，「這倒是好主意，可是我已經答應妳奶奶要好好照顧妳了，叔叔不能說話不算話。」

「那、那……」許儷雙手緊緊抱住飲料罐，眉頭緊皺，繼續絞盡腦汁思考。

「小儷。」譚曜磊將手中的咖啡放在桌上，認真地對她說：「如果妳不介意，今後就跟我一起生活吧，妳願意嗎？」

許儷瞠圓了雙眼，眼神充滿難以置信：「叔叔願意照顧我嗎？」

「嗯，我是眞的想要照顧妳，才會答應妳玟月阿姨。」

許儷呆住了，忍不住再次確認，「叔叔眞的願意撫養我？」

「嗯。」

「叔叔……願意當我的爸爸？」許儷小心翼翼地開口，眼中隱約藏著一絲希冀。

譚曜磊心中一凜，正色道：「是啊，但叔叔不會逼妳一定要把我當爸爸看，妳想怎麼看待我都可以，只要妳不會討厭叔叔就好。」

譚曜磊說完，許儷臉上的神情出現了變化，像是卸下了懸在心中的大石，她五官皺在一起，哇的一聲嚎啕大哭起來。

或許是情緒壓抑得太久，許儷一哭就停不住，譚曜磊怎麼安撫都沒用，只得在旁人的側目下牽著許儷回到車上。

途中，許儷始終沒有停止哭泣，卻也始終緊緊牽著譚曜磊的手。

過了一個多星期，方署長再度聯繫譚曜磊。

警方將房蕙林交出的那顆乳牙送去鑑定，結果檢測到紅病毒的存在，牙齒主人的年紀也與房之俞相符，證明這顆牙齒屬於房之俞。

兩個月後，房蕙林在醫院裡病逝。

第七章

宏亮的上課鐘聲迴盪在大學校園裡。

馮瑞軒在座位上吃完早餐，收拾好三明治的包裝紙，李知琪匆匆跑進教室，氣喘吁吁地坐在她身旁的空位。

「嚇死我了，差點趕不上，還好瑞軒姊妳有打電話叫我——」

迎上馮瑞軒含笑的視線，李知琪連忙改口，「抱歉，我還沒習慣叫妳的新名字，之前一直聽我姊這樣稱呼妳，一時改不了。」

「還是早點改掉吧，不然班上其他同學聽見，也會覺得很困惑吧？」

「哈哈，就是呀，我會盡快改掉的。」趁教授還沒出現，李知琪附在馮瑞軒耳邊小聲說：「瑞軒，玥亮學長最近還有約妳嗎？」

馮瑞軒雙頰升上一股熱度，「妳爲什麼問這個？」

「有沒有嘛？」

馮瑞軒囁嚅道：「他昨晚約我……今天下課後一起去逛夜市。」

「我就知道！他果然約妳了。妳臉紅了！看起來超可愛的。」

「李知琪，妳別鬧了。」馮瑞軒輕斥她一聲，這時教授走進教室，兩人互望一眼，有默契地不再出聲，以免惹脾氣不好的教授生氣。

一個月前，馮瑞軒成爲高雄這所私立大學的學生。

新生入學當天，李知琪觀察了她許久，主動找她攀談，問她是不是馮瑞軒？

李知琪的姊姊李知淵，是馮瑞軒國中時期的好友。兩人過去雖不同校，但感情非常好，每天都會透過通訊軟體聊天，馮瑞軒還去她家裡玩過幾次，也認識了李知琪，因此李知琪直到現在仍對留馮瑞軒有印象。

李知琪百般不解，馮瑞軒爲何遲至二十二歲才就讀大一，還改了名字，並且完全不記得曾經與她十分交好的李知淵。

馮瑞軒解釋自己在國三那年出了車禍，昏迷整整五年，而這場車禍的後遺症，不僅導致她身體機能退化許多，也對車禍前的很多事都失去了記憶。在這五年間，馮家舉家從台中遷往高雄，爲了祈福改運，父母還替她改了名字。

在毫無心理準備的情況下變成了大人，馮瑞軒花了一段時間才接受，她希望可以彌補這五年的空白，於是利用將近兩年的時間調養身體，並延請家教指導，她取得高中學力鑑定證書，順利考上離家不遠的這所大學。

徵得馮瑞軒的同意後，李知琪把這個消息告訴目前人在桃園讀書的姊姊，李知淵忍不住傳訊息給馮瑞軒。

李知淵：妳眞的不記得我了嗎？

馮媛蓁：嗯，我很努力回想，但就是沒印象，對不起。

李知淵：妳不用道歉啦，發生車禍也不是妳願意的。不過，程玥亮妳也不記得了？他現在剛好也在妳那所大學念研究所。

馮瑞軒左思右想，卻仍想不起程玥亮是誰。

馮媛蓁：抱歉，我也不記得他了。

李知淵：沒關係，妳不必勉強自己想起來。如果妳不覺得困擾，我能不能在這週末去高雄找妳？我一直很想知道妳的消息，沒想到妳和我妹會成爲大學同學，希望有機會見妳一面。

馮瑞軒並不覺得與李知淵見面有何不妥，於是很快同意了。

只是還沒到週末，她就先在學校餐廳遇到了那個名叫程玥亮的男生。

程玥亮剛把回收的餐盤放好，轉身便見到剛和李知琪一同踏進餐廳的馮瑞軒，他驚訝地叫住了馮瑞軒。

李知琪識趣地主動離開，留馮瑞軒和程玥亮兩人單獨談話。

「前天，我剛從李知淵那裡聽說妳的事，沒想到今天就在學校遇到妳……」程玥亮小心翼翼地開口，「妳現在身體還好嗎？」

「嗯，還可以。我也聽李知淵說起你，但我真的一點印象也沒有……非常抱歉。」馮瑞軒尷尬一笑。

「沒關係，妳不需要道歉。」程玥亮牽起唇角，「很高興能再見到妳。」

週末，李知淵搭乘高鐵來到高雄，還約了程玥亮一同和馮瑞軒會面。

在兩人的說明下，馮瑞軒得知自己跟他們是在國中游泳校際盃比賽中結識的。馮瑞軒在一場事故後，有好一段時間閉門不出，後來他們才輾轉聽聞，她轉學至位於台北的德役完全中學。

「妳對這件事也沒印象？」李知淵好奇。

馮瑞軒搖頭，儘管不記得自己曾在德役就讀，但她記得德役的校長吳德因。

她從很小的時候就認識吳德因，吳德因一直對她疼愛有加，對她而言，吳德因是如同家人般的存在，然而馮瑞軒自昏迷中醒來後，吳德因卻從未到家裡探視過她。

父母解釋，吳德因在她出車禍那一年，因爲犯下多項重罪而鋃鐺入獄，後來她在網路上找到舊新聞，也證明確有此事。

馮瑞軒忍不住問：「你們說我在一場事故後，有好一段時間閉門不出，那是什麼樣的事故啊？」

李知淵和程玥亮對望一眼，接著程玥亮以去買飲料爲由，暫時離開。

明白身爲當事人之一的程玥亮有意迴避，李知淵便向馮瑞軒娓娓道出那場事故的經過。當時馮瑞軒就讀的國中舉辦游泳錦標賽，室內游泳池場館突然倒塌，造成重大傷亡，而程玥亮也在現場，他因此失去了雙腿，裝上義肢後復健了很久才能像一般人那樣走路。

十分鐘後，程玥亮帶著兩杯飲料回來給她們，同時表示接獲朋友緊急來電，有事必須先走一步。

「抱歉，馮瑞軒，之後我可以再聯繫妳嗎？」

馮瑞軒點頭，程玥亮笑了，道別後隨即匆匆離去。

「瑞軒，妳知道嗎？」李知淵意味深長地看著她，「程玥亮出事那一天，本來要準備跟妳表白。那時候程玥亮喜歡妳很久了，妳也對他有好感，如果不是那場事故，你們應該會交往。」

馮瑞軒很意外，「眞的嗎？」

「嗯，但妳在事故之後就跟程玥亮斷絕往來，我本來以爲，妳是因爲程玥亮截肢了，才狠心離他而去，然而一年後，我在便利商店偶然遇到妳，才發現事情不是我以爲的那樣，如果我沒告訴妳，妳根本不知道程玥亮的傷勢這麼重。」言及此，李知淵心虛地垂下眼睛，臉上浮現愧色，「我妹說，妳是在國三那年出車禍……妳會出車禍，跟我告訴妳這件事有關嗎？畢竟妳在聽到程玥亮截肢後大受打擊……倘若眞是這樣的話，我這輩子都會良心不安。」

馮瑞軒連忙表明，儘管自己沒有記憶，但她的父母說她是在搭乘計程車時出的車禍，絕對與李知淵無關，李知淵這才鬆了一口氣。

馮瑞軒從李知淵口中得知許多遺忘的過去，兩人再次成爲朋友，馮瑞軒並不介意李知淵和程玥亮繼續用原本的名字叫她。

「妳現在還有在游泳嗎？」返回桃園前，李知淵問她。

馮瑞軒搖頭苦笑，「醫生說我車禍的後遺症很嚴重，今後都不能做太劇烈的運動。」

「這樣啊。」李知淵語帶惋惜，又冷不防問：「那妳有男朋友嗎？」

「沒有，爲什麼這麼問？」

「哦……剛才我不是跟妳說，國三那年我在便利商店遇見妳嗎？當時有一個男生陪在妳身旁，雖然妳說他不是妳男朋友，但感覺他和妳感情很不錯，不然怎麼會特地陪妳回台中。」李知淵聳聳肩。

馮瑞軒怔了一會，自己身邊還有過這樣一個男生？她卻怎麼都想不起來，不禁有些悵然。

翌日，程玥亮傳LINE給馮瑞軒約她見面，兩人約好下課後在學校操場旁邊的看台上會合。

程玥亮首先爲昨天的提前離開再次道歉。

「沒關係啦，你和李知淵告訴了我很多從前的事，謝謝你。」馮瑞軒語氣誠摯。

「不客氣。」程玥亮沉吟道，「或許是我想太多吧，但約妳出來是想跟妳說，關於我截肢的事，妳不必覺得有負擔。」

「好。」程玥亮的體貼，使得某種微妙的感覺在馮瑞軒心中發酵，她嚥了嚥唾沫，「聽李知淵說……我們以前差一點交往，是眞的嗎？」

「喔。」程玥亮不好意思地笑了笑，沒有否認，「是有這種可能沒錯。我以前確實很喜歡妳，我朋友都說妳應該也喜歡我，只是我還來不及告白，就失去向妳確認心意的機會了，有點可惜。」

「對呀。」此話一出，馮瑞軒的臉驀地一熱，連忙解釋，「我是說，我也很想知道自己當時對你的想法。沒有別的意思。」

「我知道。」程玥亮這次笑容裡隱隱多了幾分失落，「不過就算妳以前眞的喜歡我，現在應該也不會對我有那種想法了。」

「爲什麼這麼說？」馮瑞軒不解。

「……畢竟我截肢了，我的身體和正常人不一樣了，妳應該很難會再喜歡上這樣的我吧。」程玥亮越說聲音越低。

「沒這回事。」馮瑞軒正色道，「我的身體也和正常人不一樣。車禍對我造成的影響非常巨大，我不僅得終生服藥、不能再游泳，甚至還……沒有辦法生育。所以我絕對不可能因爲你失去雙腿，就對你另眼看待。」

說完之後，馮瑞軒才發覺自己的情緒似乎太過激動，難爲情地向程玥亮道歉。

程玥亮搖搖頭，眼底的失落一掃而空，笑容裡有著感動。

自此以後，程玥亮開始時常出現在馮瑞軒的生活裡，像是特地買點心送到她的教室，以及約她吃晚餐。

李知琪看出程玥亮想再次追求馮瑞軒，十分樂見其成，於是跟著敲邊鼓，馮瑞軒很快也意識到程玥亮的心思。

儘管尚未能釐清自己對程玥亮的感覺，但馮瑞軒和他在一起時確實很開心，或許再這麼繼續發展下去，她眞的會喜歡上程玥亮。

這天上完通識課後，馮瑞軒和李知琪準備前往另一棟大樓上課。可能是陽光過於炙熱刺眼，馮瑞軒走著走著，突覺頭暈目眩，身子無預警向前傾倒，所幸一雙強而有力的臂膀及時接住她，才沒有摔倒在地上。

「妳還好嗎？」接住她的是一名年輕的男人，他低聲問。

「我沒事，謝謝你。」馮瑞軒慌慌張張地想要站好，雙腿卻毫無力氣，無法即刻離開對方的攙扶。

「妳臉色很蒼白，要不要送妳去醫務室？」

「不用了。」馮瑞軒在男人手臂的支撐下，終於勉強站穩腳步。

「最近天氣很炎熱，妳可能是中暑了，記得多補充水分，最好帶把陽傘出門。」

「好，謝謝你。」馮瑞軒並未注意到男人對她說話的語氣有多溫柔，向他道過謝後，就和李知琪一同離開。

誰知才走沒幾步，男人忽然大聲朝著她喊：「馮瑞軒，我喜歡妳！」

四周學生人來人往，男人突如其來的告白，瞬間讓馮瑞軒成爲眾人的目光焦點。

線。

馮瑞軒驚訝地停下腳步，回頭朝那名身著襯衫和西裝褲的男人望過去。

男人彎起那雙細長好看的眼眸，笑容在陽光的映照下格外燦爛，令她無法移開視線。

馮瑞軒聽不見周遭的騷動，只聽得見自己紊亂的心跳，她不由自主走到他面前。

「請問……你是誰？」她看著他，眼睛眨也不眨。

「啊，不好意思，妳長得太像我以前的女朋友，是我唐突了。妳就當遇到神經病吧，很抱歉。」

男人笑笑說完，邁開腳步就要越過她離去，馮瑞軒一把抓住他的手，眼中閃過一絲急迫，「等一下，可以告訴我你叫什麼名字嗎？」

「我叫夏沛然。」他注視著她的眼睛，「妳並不認識我吧？」

「但我們以前認識對吧？你剛才叫的是我以前的名字。」

「是嗎？那就是妳和我前女友同名同姓，又剛好跟她長得很像，世界上就是有這麼巧合的事。」夏沛然似笑非笑道。

「但是，」馮瑞軒的喉嚨乾澀無比，「我怎麼覺得，以前似乎曾經有個人像你剛才那樣……對我說那句話，那個人……是你嗎？」

夏沛然唇角的笑意微微凝滯，隨即又用更深的笑容掩蓋過去，「不好意思，我有事得走了，妳也快去上課吧。」

說完，夏沛然就和一名同行的中年男人頭也不回地離開。

坐在教室裡，李知琪小心翼翼觀察馮瑞軒的臉色，忍不住開口：「瑞軒，那個男人是誰啊？爲什麼他會忽然當眾向妳告白？從他的衣著看起來應該是社會人士，不像是我們學校的學生。」

馮瑞軒抿唇不語。

「他說的那些話太奇怪了，世界上哪有這種詭異的巧合？他一定認識妳！如果妳眞的是他前女友，他都認出妳來了，幹麼不承認？還用那麼爛的理由搪塞妳？」

「我也不知道。」馮瑞軒試著忽略心中那股異樣的感受，故作鎭定道：「就算我和他交往過，從他的反應來看，我們可能是在不太愉快的情況下分手的吧。」

「說不定他是妳以前在德役時交往過的男朋友，他長得那麼帥，感覺就很會拈花惹草，然後他劈腿了，被妳發現，導致妳在傷心欲絕下發生車禍，所以他愧對於妳，再次重逢後才不敢說實話！」腦洞大開的李知琪開始編起故事，說得天花亂墜，卻又話鋒一轉，「不過，我怎麼覺得剛才跟他在一起的那個中年男人有點眼熟。」

「是嗎？」

「對，但我一時想不起他是誰，到底是在哪裡見過呢？」李知琪雙手抱胸，非常努力地回想。

這時馮瑞軒的手機響起訊息提示音，她從包包側邊的口袋拿出手機，竟發現口袋裡有一樣不屬於自己的東西。

那是一支知名動畫《妖怪手錶》的造型手錶。

上一堂通識課結束時，她把手機收進包包，當時包包側邊口袋裡還沒有這支手錶……

她很快想起那個叫夏沛然的男人，莫非這支錶是他方才扶住她時，偷偷塞進她包包的？

倘若眞是如此，他爲什麼要這麼做？

「瑞軒，妳打算怎麼辦？要不要查查那個男人的底細？」李知琪見馮瑞軒愣愣出神，以爲她還在想夏沛然的事，於是提議。

馮瑞軒悄悄把手錶放回包包側邊口袋，「不用了，就算我們以前是舊識，他在大庭廣眾下故意開這種玩笑，我不是很高興，不太想再跟他扯上關係。」

「也對，他這種舉動實在很莫名其妙，就像他說的，妳就當作遇到神經病吧，別再想這件事了。」李知琪拍拍她的肩膀。

這天晚上，馮瑞軒坐在書桌前，看著桌上的妖怪手錶，陷入了苦惱。

該如何處理這支錶呢？

此時，李知琪傳來訊息。

「雖然不確定妳會不會想知道，但還是跟妳說一聲吧。我想起那個中年男人是誰了！他是歷史系的紀教授，我陪朋友去他的研究室交過報告。」

把這則訊息讀了兩遍，馮瑞軒放下手機，繼續盯著手錶發呆。

不久一陣短促的敲門聲響起，馮瑞軒的母親向志雲拿著一包藥和一杯溫開水推門而入。

「寶貝，妳睡前的藥還沒吃，媽媽幫妳拿來了。」

「謝謝。」接過藥和水杯，馮瑞軒輕咬下唇，「媽媽，那個……」

「嗯？」

「沒有，沒什麼事。」硬生生將話嚥回去，馮瑞軒低頭撕開藥包，就著開水吞下藥丸。

向志雲什麼也沒問，只拍了拍她的背，柔聲道：「如果有什麼煩惱，隨時可以跟媽媽說。早點休息，不要太晚睡。」

「好。」

向志雲轉身走出房間，爲馮瑞軒帶上門。

馮瑞軒又看著手錶好一會才關燈上床就寢。

兩天後的下午，馮瑞軒帶著那支錶，來到紀教授的研究室門前。做不到直接將錶丟掉，又不知如何物歸原主，她只能出此下策。

馮瑞軒曲起指節輕輕敲門，裡頭傳來回應，她旋開門把走進去，果然看見那天與夏沛然結伴同行的男人獨自坐在裡頭。

紀教授似乎也認出馮瑞軒，目光在她臉上停格片刻，而後露出親切的笑容。

「同學，有什麼事嗎？」

「紀教授好，我是社心系的學生馮媛蓁。」馮瑞軒自我介紹後，恭謹地詢問：「請問，您認識夏沛然嗎？」

「嗯，他是我的外甥，前幾天妳在學校見過他。」

見紀教授記得她，馮瑞軒打消了最後一絲遲疑，把手上的錶遞過去，「這支手錶是他的嗎？」

紀教授推推架在鼻梁上的金邊眼鏡，仔細打量過那支錶後，篤定地說：「對，是他的，怎麼會在妳那裡？」

「可能是他那天趁我不注意，把手錶偷偷塞進我的包包。我不明白他爲什麼要這麼做……」

「這支錶是沛然的前女友送他的，沛然非常珍惜，多年來都把錶戴在手腕上，除非洗澡，否則不會輕易取下。」紀教授看著她的眼神頗爲耐人尋味，「如果眞是他把手錶塞進妳的包包，他這麼做應該有他的用意。」

馮瑞軒懵住了，驀地想起李知琪先前那番腦洞大開的猜測。

「夏沛然……以前是不是在德役念過書？」

「對，他在德役念高中，也在那裡認識他的前女友，沛然一直沒忘記她。他們似乎有過約定，那個女孩要沛然之後去找她，讓她看看他現在的樣子。」

望著紀教授臉上和煦的笑容，馮瑞軒竟覺有些呼吸困難，彷彿有顆大石壓在她的胸口。

「他們當初爲什麼會分開？」

「這我就不清楚了。沛然這幾年都待在國外，這次回國，說不定就是爲了履行與初戀女友的約定。」紀教授意有所指道。

馮瑞軒忽然無法再面對紀教授的目光，心跳微微加速。

難道，她以前的確與夏沛然交往過？而且這支手錶還是她送他的？

倘若眞是如此，那他們之間究竟發生過什麼事？是怎麼在一起的？又爲何會分開？

「妳過來是想跟我打聽沛然嗎？」

紀教授醇厚的嗓音喚回馮瑞軒飄遠的思緒，她連忙解釋：「不是這樣的……我來找紀教授，主要是想確認這支手錶是不是他的，如果是他的，就麻煩紀教授替我還給他。」

「妳不自己還給他嗎？」紀教授語帶好奇，「那些關於他的疑問，妳不想從他口中獲得解答嗎？」

馮瑞軒被說中心思，結結巴巴道：「我、我是想啊，但又不是我問了，他就會老實回答。前兩天他還說我和他前女友同名同姓、長得很像，這種荒謬的話誰會信啊。」

「或許是因爲乍然見到妳，他心裡跟妳一樣也很慌張吧。那天沛然做出的舉動確實很唐突，但我是看著沛然長大的，我很清楚他是什麼樣的人。他外表看起來吊兒郎當，感覺很輕浮，其實他對待珍惜的對象絕對一心一意。我不是在幫沛然說好話，單純有一說一。」

最後紀教授撕下一張便條紙，寫下夏沛然的手機號碼，再把便條紙遞過去，馮瑞軒不由自主伸手接過。

離開紀教授的研究室後，馮瑞軒心神不寧，坐在校園一角愣愣出神，直到收到程玥亮傳來的訊息，她才驚覺自己完全忘了與程玥亮有約，急忙趕往學校餐廳。

吃完午餐，程玥亮邀她明天中午一起去一間新開的餐廳吃飯，馮瑞軒考慮了一下，便以自己另有要事婉拒。

隔天中午，馮瑞軒獨自待在空無一人的教室裡，手裡拿著那張寫有夏沛然手機號碼的便條紙，一度坐立難安。

其實她並不眞的想聯繫夏沛然，甚至有點害怕再見到他。

但她無法否認自己渴望知道眞相，內心也不斷有個聲音告訴她，倘若就這麼忽略不管，她很可能會後悔。

天人交戰後，馮瑞軒闔上眼睛深吸口氣，再睜開眼時，她的眼神轉爲堅定，拿起手機撥出了那通電話。

「歡迎光臨。」

看見站在門口的六歲女孩，蕭宇棠笑著對她打招呼。

「如恩姊姊，我來洗頭髮了。」女孩自動爬上椅子坐好，看著鏡子裡的蕭宇棠，滔滔不絕地說：「如恩姊姊，我跟妳說，昨天在幼稚園，老師跟同學都說我在生日派對上的髮型好漂亮，今天我也要梳跟那天一樣的包包頭！」

「好呀，沒問題。」蕭宇棠忍俊不禁，把一條乾淨毛巾披在女孩的肩上。「我們先去洗頭吧。」

她爲女孩洗完並吹乾頭髮後，女孩像是想起了一件事，興沖沖道：「對了，媽媽說我還要剪瀏海，我瀏海變長了，這樣會扎到眼睛。」

蕭宇棠一愣，隨即點頭，「好，那我請阿姨來幫妳剪。」

「如恩姊姊不會剪瀏海嗎？」

「是呀，姊姊不擅長剪頭髮，我怕把妳的瀏海剪壞了。等阿姨修好瀏海，我再幫妳綁包包頭。」蕭宇棠莞爾說完，便去請自己的母親過來幫女孩修剪瀏海。

蕭宇棠一家住在台中一座純樸的小城鎮。她的父母搬來此處定居已超過十年，街坊鄰居卻在數個月前才得知這對夫妻除了一個沉穩懂事的兒子，還有一個漂亮的女兒。

自長年的沉睡中醒過來後，蕭宇棠第一眼看見的人，是喜極而泣的母親。她只記得自己十二、三歲前的事，父母親變得比記憶中衰老許多，而鏡中的自己也已經是三十二歲的成年女人了，她丟失了將近二十年的歲月。

父母告訴蕭宇棠，她身染惡疾，昏迷不醒多年後幸運迎來奇蹟，不僅得以甦醒，更不再受過往的先天性糖尿病所苦。父母並宣稱在她昏迷期間，爲了替她祈福改運，於是安排她改名，甚至改從母姓。

呂如恩，這是她的新名字。

由於長年臥病在床，導致蕭宇棠四肢肌肉嚴重退化，必須經過一段時間的復健，才能恢復行走能力。

每天坐在家裡看著母親爲自己忙進忙出，蕭宇棠下定決心努力復健，不想再成爲家人的負擔。過了三個月，她便能做到自由行動，且開始向開設美容院的母親學習美髮技巧。

蕭宇棠學得很快，洗髮、編髮都能做得有模有樣，唯獨對剪髮不拿手，那場惡疾爲她的身體留下了不可逆的副作用，她的手部小肌肉無法進行像是動用剪刀修剪頭髮這類精細動作，但她沒有很在意，她覺得自己還是可以在能力所及範圍內幫上母親一些忙，這就夠了。

漸漸地，蕭宇棠培養出一群習慣找她洗髮、編髮的顧客，生活也算是有了重心。

一個春光明媚的午後，蕭宇棠的父母出門購物，由她獨自看店。沒過多久，店裡來了一位陌生女客，身材高眺，容貌美麗。

那名女子表示想要洗頭，蕭宇棠笑容滿面地請她入座。

爲女子吹乾頭髮時，蕭宇棠注意到對方一直透過鏡子觀察自己，不禁有些緊張，「怎麼了嗎？是不是我哪裡做不好？」

「沒有沒有。」女子連連擺手，「我只是覺得妳長得很像我一個朋友。」

蕭宇棠放心了，見女子身著俐落的套裝，主動開啓話題：「妳應該是外地人吧？是來這裡工作的嗎？」

「是呀，順便來見見一位多年不見的朋友。」女子唇角輕勾，凝望蕭宇棠的眼神盈滿複雜的情緒。

兩人就這麼聊了好一陣，或許是彼此年紀相仿，蕭宇棠覺得跟對方挺聊得來，像是相識已久。

結完帳，女子將一張名片遞給蕭宇棠。

「跟妳聊天非常開心，可以再過來找妳洗頭嗎？」

「當然可以。」蕭宇棠看向名片，「啊，妳是檢察官呀？」

「對，那我之後再來找妳。」

蕭宇棠又看了眼名片，不知道爲什麼，「楊欣」這個名字令她生出一股難以言喻的懷念之情。

她想了想，還是決定問出口：「楊小姐，這麼問可能有點奇怪，但我們以前見過嗎？」

楊欣微笑，眼角隱含一抹淚光，脫口而出：「是的，妳從前名叫蕭宇棠，我們是高中同學，也是宿舍室友，更是很好的朋友。我一直很想再見到妳，這個願望終於實現了。」

蕭宇棠很驚訝，「所以妳說的那位多年不見的朋友，就是我嗎？」

「對，有人告訴我妳的消息，我才能找到這裡，我十分感謝那個人。」

「但是……我不記得妳了。我生過一場重病，昏迷很長一段時間，醒來之後很多事都不記得了。」蕭宇棠心慌意亂地解釋。

「不記得我沒關係，我們可以重新認識。」楊欣輕輕握住她的手，笑容眞摯，

「我曾經對妳說，要是時光重來，希望我們能在更好的地方相遇。我很慶幸，不需要奢求時光重來，此時此刻我們已經在更好的地方相遇了。」

自那天後，蕭宇棠和楊欣便經常保持聯繫，楊欣偶爾會過來店裡洗頭，蕭宇棠替她洗完頭髮後，兩人再結伴去附近一間古厝改建的文青咖啡廳喝下午茶。

時間又過了兩個月，那天蕭宇棠陪父親釣魚回來，母親忽然請她將一份包裝精美的禮盒送至某處。

蕭宇棠看了眼地址，那邊離家裡不遠，「那間房子不是空很久了嗎？有人入住了？」

「是啊，我朋友前兩天才剛搬進去，這是我爲他準備的喬遷禮物，妳幫我送過去吧。」

沒注意到母親別有深意的微笑，蕭宇棠一口答應，拎著禮盒走出家門。

不到五分鐘，她便抵達了那處舊民宅。注意到門口懸掛著一盆小巧可愛的千葉吊蘭，她情不自禁多看了幾眼，才伸手摁下門鈴。

前來應門的是一名容貌端正、膚色白淨的男人，迎上男人那雙淺棕色的眼眸時，蕭宇棠微微一愣，她沒想到母親的朋友竟會是這樣一名男性。

「妳好。」男人看著她，語氣溫和，「妳是蕭太太的女兒吧？」

「是的。」蕭宇棠莫名有些緊張，「你知道我是誰？」

「知道，妳叫如恩。」他淺淺一笑，「妳有什麼事嗎？」

蕭宇棠說明來意，將手上的禮盒交給他。

男人客氣地邀請她進屋坐坐，蕭宇棠起先略微猶豫，但想到既然對方是母親的朋友，應該能信得過，況且也不好直接推拒，便笑著應允了。

放眼望去，屋內的傢俱並不多，客廳僅有沙發、桌子、電視及一座置物櫃，還有幾個尚未拆封的紙箱堆放在牆邊，確實像剛入住的樣子。

男人將家裡打掃得很乾淨，冬日的陽光從窗外照射進來，更顯得窗明几淨，看起來很舒服。

得知這個男人今年四十九歲，蕭宇棠驚訝得差點被他招待的麥茶嗆到。

「我、我以為你不到四十。」

「很多人這麼說。」

「請問要怎麼稱呼你比較合適？」

「我的名字是康旭容，隨便妳怎麼稱呼都行。」康旭容將一盤點心放到桌上，跟著在沙發上坐下，並從外套口袋掏出一張仔細摺好的便條紙遞給她，「下星期開始，我會在巷口那間診所工作。如果妳身體不舒服，就來我那邊看診，其他時候也可以聯繫我。」

蕭宇棠怔怔看著那張寫著手機號碼和LINE帳號的便條紙，不由得心想，難道他早就知道自己今天會過來，所以事先寫好了紙條？可是自己與他素昧平生，他爲什麼要這麼做？

「你說的其他時候是指……」

「隨時。要是妳晚上睡不好，或者頭暈、劇烈頭疼什麼的，就打電話給我或LINE我，別擔心會造成我的困擾。」

面對男人彷彿洞悉一切的目光，蕭宇棠霎時語塞，心裡很快有了猜測。

「是我媽媽告訴你，我有這些毛病？」

「嗯，是她從旁觀察到的，她知道妳怕她擔心，於是選擇隱忍不提。只要妳身體出現任何不適，儘管可以告訴我，我是醫生，妳對我不需要有任何隱瞞。」

蕭宇棠驀地眼睛有些酸澀。

無論是這個男人凝視著她的沉靜眼神，還是說這些話時的溫柔語氣，都讓蕭宇棠的心湖掀起陣陣漣漪，心中湧現一股前所未有的安心感。

但她同時也有點難以呼吸，她不明白胸口這份莫名的痛楚是什麼。

「你和我媽媽是怎麼認識的？」

「說來話長，也一言難盡，以後有機會再跟妳說。」康旭容的目光不曾從蕭宇棠臉上離開一瞬，「妳母親提過，妳每個月都要按時到醫院做身體檢查，妳就當作我是醫院安排的家庭醫師。」

說不上是什麼原因，蕭宇棠就是覺得康旭容是個可以信賴的對象，便在LINE上加了他。

之後每天晚上，康旭容都會在她入睡前捎來問候，關心她的身體狀況，而她也漸漸習慣了兩人的這種相處模式。

某個深夜，蕭宇棠在一陣劇痛中驚醒。

她的頭像是被人用亂棍不斷敲打，她痛得四肢發麻，全身滲出冷汗。她緊緊咬著下唇忍耐了好一陣子，疼痛卻絲毫沒有減輕的跡象

瞥見擺在床邊的手機，她想起康旭容，猶豫片刻後，決定打電話給他。

一接到電話，康旭容立即背著出診包出門，抵達蕭宇棠的家門口時，距離蕭宇棠掛斷電話不到三分鐘。

康旭容仔細爲蕭宇棠看診，讓她配著溫開水服下一包藥粉。

十分鐘後，疼痛消失了，蕭宇棠眉毛舒展，整個人明顯放鬆下來。

「還會覺得痛嗎？」

「不會，我好多了。」蕭宇棠吁出一口氣，神態仍顯虛弱，「抱歉，打擾你休息。」

「忘記我說過的話了？妳永遠不會打擾到我。」康旭容伸手為她擦去額上未乾的汗，「妳睡前吃過藥後，還是會像這樣頭痛？」

蕭宇棠疲憊地點點頭，「偶爾。」

「以後妳睡前再多吃一包我配的藥粉，如果情況沒有改善，我再想想其他辦法。」

康旭容調配的藥粉很有效，不時為頭疼所苦的蕭宇棠，終於得以安穩地一覺到天明。兩人也逐漸越走越近，聊天的話題更擴展至種種生活瑣事分享，有時還會相約去咖啡廳喝杯咖啡。

除夕那日，在新竹工作的蕭仕齊返回家中，一家人團聚圍爐過節，氣氛和樂融融。

「可惜康醫生有事，不然可以邀他來一起吃年夜飯。」

母親這句話讓蕭宇棠停下了筷子，一時有些出神。

康旭容搬來半年，附近的住戶都知道他是單身，常有熱心的鄰居想介紹對象給他，但他都婉言推拒了。

吃完年夜飯，蕭宇棠和弟弟去外面散步消食，途經康旭容的住處時，屋裡漆黑一片，似乎無人在家。

「仕齊，跟你說一個祕密。」蕭宇棠輕聲開口，「其實我和康醫生很早以前就認識了。」

蕭仕齊不動聲色地看著她，「為什麼這麼說？是康醫生告訴妳的？」

「不，是我自己想起來的。」蕭宇棠心平氣和道，「最近我開始想起一些過去的事，像是小時候的好朋友萬倩，還有曉芝……然後之前陪媽媽去市場採買年菜材料時，我忽然間想起自己曾經跟康醫師一起吃過年夜飯，但我想不起原因，這眞的很奇怪，年夜飯應該是要跟家人一起吃的吧？還是過去我和康醫師的關係曾經非常親密？」

蕭仕齊沒有立刻回話，只是安靜地邁步前行。

直到走過兩條巷口，他才開口：「妳想跟康醫生提起這件事嗎？」

蕭宇棠沉默半晌，最後搖了搖頭。

「姊姊跟康醫生在一起的時候，開心嗎？」

「我也不知道那種感覺是不是開心……」蕭宇棠停頓了下，「但是跟他在一起，我的心情會很平靜，彷彿他已經在我身邊很久了一樣。只要看見他，我就感覺不需要擔心害怕任何事。」

在弟弟面前，她坦然說出心裡話，就像小時候姊弟倆共享心事。

她很慶幸自己能有這麼一個弟弟。

走著走著，一陣刺骨冷風驀地迎面吹來，蕭仕齊脫下外套，爲蕭宇棠披在肩上，並低聲說：「姊姊，我辭職了，也在離家不遠的地方找到新工作，下星期就會搬回來。」

「爲什麼？你在新竹的工作不是很穩定？」蕭宇棠很意外。

「我想多陪陪妳。」蕭仕齊淡淡回答，「從姊姊醒過來那天，我就有這個打算，爸媽也同意了，這樣以後妳要是有什麼事，我隨時能幫上忙。」

蕭宇棠很感動，也很感激弟弟體貼入微的心意。

「還有，」蕭仕齊又忽然冒出一句，「如果康醫生在姊姊心裡是特別的，希望妳能讓他知道。」

姊弟倆散步回到家裡，時值晚上八點，蕭宇棠收到楊欣的祝賀訊息，她很快回覆，同時傳了一則訊息給另一個人。

「新年快樂，你是明天回來嗎？」

對方很快已讀，隨後竟是立即撥了通電話過來。

「妳身體不舒服嗎？」康旭容劈頭道，「我等一下就會回去，正在搭車。」

「我身體沒事。」蕭宇棠連忙解釋，「你到家後能不能通知我？我有東西想在今天給你。」

康旭容答應了。

到了十點半，他通知蕭宇棠自己快到家了，問要不要直接過去找她，蕭宇棠拒絕了，堅持一定要在康旭容的住處碰面。

寒冷的冬夜裡，康旭容遠遠便看見蕭宇棠獨自站在自己的住處門口，連忙快步上前，「怎麼了？這麼急著找我什麼事？」

蕭宇棠笑容滿面地舉起手上的保溫袋，「找你吃年夜飯，我媽準備太多年菜，想請你幫忙吃一點。」

兩人進屋後，蕭宇棠把豐盛的菜餚逐一擺上桌，康旭容也不客氣，儘管速度不快，吃下的分量倒是不少，食欲頗佳。

蕭宇棠好奇問：「你今天去了哪裡？」

「妳想知道？」

「嗯。」

康旭容看了她一眼，放下筷子，「我小時候有一段時間待過育幼院，在那邊認識了一個好朋友，我把他當親弟弟看待，只是他在多年前過世了。今天是他的生日，所以我才想回去育幼院看看。」

說完，他重新拿起筷子又吃了幾口菜，隨後再次放下筷子，定定地看向蕭宇棠，「妳今天過來，是不是有話想跟我說？」

蕭宇棠點點頭，「我弟辭掉新竹的工作搬回來，說是想多陪陪我。」

「是嗎？妳弟弟一直對妳很好。」康旭容並不意外。

蕭宇棠苦笑，「我很清楚他爲什麼會做出這個決定，我也很清楚自己身體的情況。我剩下的時間應該不多了吧，就算現在能靠藥物減輕疼痛，身體機能還是會持續衰退下去，他應該是想要在有限的時間裡，盡可能多陪在我身邊。」

康旭容沒有駁斥她的說法，只是用澄澈的眼神看著她。

「我從小罹患很嚴重的糖尿病，在二十歲陷入昏迷，過了十幾年才醒過來。我媽說，我在昏迷期間數度停止呼吸，差點死去，每次都是醫護人員花了好大力氣才搶救回來。好不容易醒過來後，我很多事都記不得了。」蕭宇棠的語氣不帶太多情緒，「對於這樣的人生，我懷疑過自己來到這世上的意義究竟是什麼？然而只要想到爸媽和弟弟無怨無悔地照顧臥病在床的我十幾年，我就不想再思考這個問題。從今往後，我只想爲他們而活，不會執著去找回失去的記憶。我想將剩下的時間，留給現在最重要的人。」

說完這些話，蕭宇棠放在桌上的手，被康旭容輕輕握住。

「我明白。」他的嗓音低沉溫柔，猶如情人的耳語，「我的際遇和妳相似。過去整整十一年的時間，我陷入了植物人狀態，直到三年前才醒過來，身邊的人都說這簡直是奇蹟。醒來的第一年，我只能以輪椅代步，無法自理生活，連好好說話都做不到，每天拚命復健才逐漸好轉，但是我依然未能完全逃脫疾病的陰影，我也不曉得自己還能活到什麼時候，所以我的想法跟妳一樣，只想把握現在。」

蕭宇棠沒有想到康旭容會有這麼一段過往，她愣愣地看著他。

「妳剛剛說，妳想不明白自己來到這世上的意義，我可以給妳答案，對我而言，妳來到這世上的意義，或許就是讓我的人生變得有意義。」康旭容眼底浮現淺淺的笑意，「謝謝妳找我吃年夜飯，讓我回想起，過去我也曾經和某個女孩一同度過除夕。我沒有親人，但是跟那個女孩在一起，總是會讓我有家的感覺。」

蕭宇棠驀地心跳加快，目光落到那枚他戴在左手中指的銀戒上。

從見到康旭容的第一天，她就注意到他手上的這枚銀戒，她偷偷觀察過很多次，很確定康旭容的這枚銀戒，款式和她當作項鍊掛墜戴在脖子的那枚一樣。

蕭宇棠心中閃過一個猜測。

「你的這枚戒指……莫非是那個女孩送你的？」

「不是。」康旭容也低頭看了眼戒指，「有人把這枚戒指託付給我，請我替他完成心願。妳脖子上的那枚戒指，跟我的戒指是同款吧？妳知道妳的那枚戒指是誰給妳的嗎？」

「不知道。」蕭宇棠下意識抬手摸向脖子上的戒指，「醒過來後，我弟弟把這枚戒指和一條紫色的柔術腰帶交給我，說是重要的人過去送我的禮物。」

「妳不把戒指戴在手上嗎？」康旭容看著她。

蕭宇棠一愣，臉頰微微一熱，倘若自己把這枚和康旭容同款的戒指戴在手上，看在旁人眼裡會怎麼想？

她不確定康旭容這麼問，是不介意被誤會，還是根本就沒意識到這點。

「我吃飽了，剩下的我留著明天吃。很晚了，我送妳回去。」康旭容說著便從沙發上起身，「為了感謝妳，明天我請妳看電影。」

隔天蕭宇棠才明白康旭容所謂的請她看電影，是邀她到他家裡看DVD。

雖然她並不介意，但等她看過DVD片盒背面的內容簡介，仍不免有些意外，

「看不出你喜歡這個類型的電影。」

那是一部恐怖驚悚片，發行時間距今已有十年。

「我特地去網路上買的，我一直很想跟妳一起看這部電影。妳之前有看過嗎？」

「沒有。」蕭宇棠搖搖頭，不是很明白康旭容爲何會想跟她一起看這樣一部電影。

「那就好，妳應該不會害怕看這種片吧？」康旭容笑問。

「當然不會。」她答得有點心虛。

電影播放約莫半小時後，蕭宇棠的身體反應洩漏了她眞實的情緒。

被駭人一幕嚇到的瞬間，蕭宇棠迸出一聲驚呼，反射性扭過頭，猛然抓住康旭容的衣袖，不敢直視電視螢幕。

待心神稍定，她抬頭對上康旭容含笑的眼睛，驀地愣住了。

她的視線漸漸變得模糊，淚水從眼眶滾落。

康旭容連忙按下暫停鍵，「電影太可怕了嗎？」

「不、不是。」蕭宇棠抬起雙手蓋住眼睛，不想讓他看見自己的眼淚，「我也不知道是怎麼一回事，忽然覺得胸口很難受，非常想哭……」

「想哭就哭，哭出來會好受些。」

蕭宇棠過了一會慢慢放開手，露出一雙哭紅的眼睛，「我感覺自己好像害慘了某一個人，覺得很對不起他，非常對不起他，甚至希望他永遠也別原諒我……」

康旭容伸手將她攬進懷裡，在她耳邊低語：「那個人一定不曾怪過妳。我是最能理解他心情的人，所以我明白，一切都是他心甘情願，他絕對不會爲此憎恨妳，更不會後悔遇見妳。」

蕭宇棠被淹沒在排山倒海而來的濃烈哀傷裡，在康旭容懷中恣意哭泣。

最後兩人沒有繼續看完電影，選擇一同至附近山上的林間步道散步。

「從你剛才的話聽起來，你好像知道我說的那個人是誰。」走了一段步道後，蕭宇棠忍不住開口。

「我不知道，當時我是爲了安撫妳的情緒才那麼說。」康旭容唇角微揚，「如果妳不敢看恐怖片，就坦白說，不要勉強自己。」

「我沒勉強自己，只是情緒就這麼忽然來了，我也無法控制。」蕭宇棠難爲情地嘟囔。

這時康旭容停下腳步，取下脖子上的圍巾，爲她繫上。

「下次出來記得戴條圍巾，天氣冷，小心著涼。」

說完，康旭容向前邁步，蕭宇棠站在原地望著他。

「如果康醫生在姊姊心裡是特別的，希望妳能讓他知道。」

蕭宇棠取下頸上的項鍊，將那枚銀戒戴在右手中指上，隨後快步追上康旭容，牽住他同樣戴著戒指的左手。

蕭宇棠將泛紅的半張臉埋入圍巾裡，視線低垂，她不敢看康旭容現在的表情。

很快地，她的右手被牢牢回握住，康旭容掌心的溫暖，毫無隔閡地傳了過來。

二人就這麼牽著手慢慢走下去。

第八章

位於台北黃金地段的一間豪宅大樓，一名年輕貌美、身材很好的女子，在中午時間敲響了大樓管理室的門。

「譚先生。」女子戴著口罩，露出完美的眼妝，將包裝精緻的禮盒遞到譚曜磊面前，「上次眞的非常謝謝你，很抱歉現在才過來向你正式道謝。如果可以，希望你收下這個。」

「黎小姐，妳不用這麼客氣，我只是做我該做的事，沒必要讓妳破費。」譚曜磊客氣婉拒。

「請別這麼說，如果當時不是你出手相救，後果不堪設想。你已經拒絕收下我母親和經紀人準備的紅包，那麼至少收下這份薄禮，讓我稍表心意。」

見對方態度實在殷切，讓譚曜磊不好再拒絕，只得收下。

女子高興地說：「如果還有什麼我能爲譚先生做的，請儘管開口。」

譚曜磊本來想要推辭，但他像是忽然想到什麼，停頓了一下，改口道：「那就麻煩黎小姐幫我一件事。」

女子前腳一走，管理室外就出現兩位意外的訪客，是夏沛然和葉霖。

「姊夫，剛才離開管理室的那個女人是黎以璐吧？」葉霖眼尖，一眼就認出女子的身分。

「霖哥，黎以璐是誰？」夏沛然眨眨眼。

「哦，沛然你這幾年都在國外，不知道她很正常。黎以璐是現在台灣當紅的新生代女演員，上星期有名喝醉酒的瘋狂男粉絲尾隨她回家，還亮出刀子脅迫她，姊夫透過地下停車場監視器發現情況不對，立刻趕過去制伏那名粉絲，這件事還鬧上新聞。」

「原來如此，眞不愧是譚叔叔。」夏沛然佩服地說完，隨即皺起眉頭嚷嚷道：「我還是覺得很可惜，過去掃蕩無數毒販，破獲眾多國際走私案件的王牌偵察隊長，現在居然屈尊擔任大樓保全，出手教訓發酒瘋的小流氓，實在太大材小用了！」

「看吧，姊夫，不是只有我一個人這麼想吧？」葉霖也是一副恨鐵不成鋼的樣子。

「你們兩個又來了。」譚曜磊無奈低哂，直接換了一個話題，「你們怎麼會一塊過來？」

「姊夫你七點才下班，我想說先來跟你拿家裡鑰匙，再去接小儷放學，然後去你家等你回來，碰巧在這棟大樓的門口遇到沛然。」葉霖看向夏沛然，「你現在過來找姊夫有什麼事？我以爲你晚上才會到他家。」

「是啊，但我有些話憋不住，想先過來找譚叔叔說。」夏沛然不自在地撓撓臉。

察覺夏沛然語氣有異，譚曜磊和葉霖對望了一眼。

幾天前，譚曜磊接到夏沛然回國的消息，以爲他這次回來也是爲了探視父母，以及順便參加譚儷的生日會，這時才得知夏沛然此行的主要目的是爲了見馮瑞軒。

「瑞軒一家搬到高雄定居，她考上大學了，是今年的大一新生，學校也在高雄。我大舅是歷史系教授，恰巧也在那所學校任教，所以我就跟我爸媽說，我很久沒見到大舅了，下飛機之後想先去高雄看他。」夏沛然眼中隱隱帶著喜悅，「我很幸運，一去到那裡就見到了瑞軒。」

意外得知馮瑞軒的消息，譚曜磊難掩激動，「瑞軒看起來怎麼樣？她過得好不好？」

「嗯，她看起來就跟普通的大學生沒兩樣，感覺生活過得很充實也很開心。她能在醒來短短兩年後考上大學，一定付出了旁人無法想像的努力。」

夏沛然找出手機裡的一張側拍照，照片中的馮瑞軒與朋友行走在校園裡，笑容燦爛。

譚曜磊目不轉睛地看著照片，心中充滿欣慰，眼眶微微發熱。

「這眞的是天大的好消息！」葉霖也很驚喜，「不過你怎麼知道馮瑞軒人在高雄？難道是你大舅在大學裡見到她，然後通知你？」

「瑞軒改了名字，我大舅也不認識她。」夏沛然搖頭，「上個月我媽說家裡收到一封寄給我的信，信封上沒有寄件人資訊。我請她代爲拆開，結果信紙上只寫著那所大學的校名。我莫名有種直覺，覺得這說不定與瑞軒有關，於是立刻訂了機票趕回來。」

譚曜磊一聽，很快有了猜測，「所以對方是刻意想讓你知道瑞軒的行蹤？你有想過對方會是誰嗎？」

「很可能是馮阿姨。馮阿姨兩年半前就出獄了，除了她，我想不出有別人。」

譚曜磊深有同感，他猜測向志雲大概是不忍見夏沛然與馮瑞軒再也不能相見，才透過這種方式告訴夏沛然。

「那瑞軒見到你之後有什麼反應？她還記得你嗎？」葉霖也很清楚注射綠苗的後遺症。

夏沛然再次搖頭，表情轉爲凝重：「她不記得我了。我幾次故意走到她身邊，她完全沒認出我來。我還親眼目睹她和一個男生有說有笑，似乎感情很好，我認出那個男生就是瑞軒以前喜歡過的人，偏偏這麼剛好，命運又安排他們重逢，不曉得他們是不是在交往了。」

譚曜磊再次與葉霖互看一眼。

「你是因爲這件事心情低落？」譚曜磊謹愼地開口。

「不，坦白說，如果他們交往了，我會眞心爲瑞軒高興。」夏沛然淡淡道，「只是我想遵守與瑞軒的約定，讓她親眼看見我好起來的樣子，雖然她已經不記得我了，但這樣也好，知道她現在很幸福，我就很滿足了。」

「既然你這麼想，那爲什麼……」還是一臉鬱悶。葉霖沒有把話說完。

「我也覺得很不解啊。」夏沛然沒了先前強作若無其事的模樣，崩潰道：「我發誓這些想法都是發自內心，可是我一來到瑞軒面前，就失去了理智，不僅把她以前送我的手錶偷偷塞進她的包包，還在大庭廣眾下向她表白。瑞軒聽到後，不斷追問我是不是認識她，我本來打算隨便糊弄過去，但她說她忽然想起從前有個人也用同樣的方式向她表白，還問那個人是不是我。那時我就發現完了，我果然還是很喜歡瑞軒，壓根不想把她讓給程玥亮那傢伙。」

看著夏沛然面容皺成一團，譚曜磊一時無語，葉霖則是一副想笑又不敢笑出來的樣子。

「後來呢？」譚曜磊問夏沛然。

「後來我就逃走了。不過瑞軒認出當時和我同行的大舅，帶著那支手錶去找他對質，我大舅也沒跟我商量，擅自把我的手機號碼給了瑞軒。大舅還唸了我一頓，要我不許逃避，好好跟瑞軒說清楚。實在超丟臉的，我從來沒這麼狼狽過。」夏沛然的語氣添上濃濃哀怨。

「那馮瑞軒打給你了嗎？」葉霖插話。

「沒有，她應該覺得我是瘋子吧，怎麼可能會打電話給我？」

話音剛落，夏沛然褲子口袋裡的手機就鈴聲大作，時機湊巧到譚曜磊和葉霖同時驚愕地看向他。

夏沛然拿出手機看了一眼，是個陌生門號。

葉霖催促：「快接啊，說不定是馮瑞軒打來的。」

「不可能啦。」夏沛然意興闌珊地接起，在聽清來電者的聲音後全身一僵，隨後向兩人比手畫腳，表示要暫時離開，便迅速跑走。

過了幾分鐘，夏沛然神情複雜地走回來。

那通電話竟然真的是馮瑞軒打來的，待會夏沛然就要搭高鐵前往高雄和她碰面。

「我剛剛在電話裡問過她了，瑞軒說她現在沒有男朋友。」夏沛然滿臉糾結，彷佛不曉得該不該高興，「瑞軒態度非常堅持，非要我給出她能接受的解釋。她的個性和從前一模一樣，我根本拒絕不了。譚叔叔，我好緊張，你能不能鼓勵我一下？」

譚曜磊重重拍了下夏沛然的肩膀，笑著爲他打氣，「加油，你沒問題的。」

「謝了，幫我跟小儷說聲抱歉，我一定會補上最棒的生日禮物！」

說完，夏沛然便匆匆離去。

葉霖噗哧一笑，「這小子平常總是從容不迫，我還是第一次見他心神慌亂成這樣。」

「也只有瑞軒才能讓他心神慌亂。」譚曜磊莞爾。

如今夏沛然的左手不再隨時戴著黑色皮手套，經過這幾年的治療，他的身體情況已有明顯好轉，雖然無法完全恢復如初，但這已經是最好的結果了。

他衷心祝福夏沛然和馮瑞軒在歷經這麼多波折之後，能夠得到幸福。

「能找到馮瑞軒實在太好了，希望也能很快獲得蕭宇棠的消息。」葉霖說。

「是啊。」譚曜磊幾不可察地嘆了口氣。

蕭宇棠和馮瑞軒在施打綠苗後就被警方藏了起來，對外消息全無，唯有身爲紅病毒研究者之一的袁醫師，能繼續參與其中，密切追蹤二人的身體情況。但礙於與警方的保密約定，袁醫師不便透露細節，只在馮瑞軒從昏迷中醒來後，破例通知譚曜磊和夏沛然這個喜訊。

譚曜磊想過，倘若蕭宇棠始終無法醒來，或者在昏迷中死亡，或許袁醫師會選擇永遠隱瞞他們。

然而，譚曜磊並不為此憂心，他堅信，既然馮瑞軒能醒過來，那麼蕭宇棠一定也可以。

比誰都要堅強的蕭宇棠，生命絕不會輕易在這裡止步。

✦

晚上回到家，譚曜磊看見餐桌上擺了一個六吋鮮奶油巧克力蛋糕和一些熟食。

「小霖叔叔，爸爸回來了！」穿著居家服、將長髮束成馬尾的譚儷，對著人在廚房的葉霖大喊，隨即蹦蹦跳跳迎到譚曜磊跟前，接走他手中的提包，眉開眼笑道：「爸爸，你先去洗澡。洗完澡就可以吃飯了，小霖叔叔買了很好吃的烤鴨和燒賣喔。」

「好。」譚曜磊摸摸她的頭，「對了，小儷，沛然哥哥他——」

「我知道，小霖叔叔跟我說了，沛然哥哥趕著去把他的初戀女友追回來。我剛剛傳了訊息給他，要他加油，沛然哥哥長得那麼帥，人又那麼好，他的初戀女友一定會重新喜歡上他的！」譚儷振振有詞道。

譚曜磊被譚儷的這番言詞逗得忍俊不禁，順從地依照她的指示，拿著換洗衣物走進浴室。

二十分鐘後，三人坐到餐桌旁，爲譚儷慶祝她的十七歲生日，葉霖送上一支最新型的智慧型手錶。

譚儷又驚又喜，迫不及待把手錶戴在手腕上，「謝謝小霖叔叔！」

「這個不是很貴？」譚曜磊大吃一驚。

「放心，這是我抽獎抽到的，我只是把錶帶換成小儷喜歡的花色，沒花到什麼錢。」怕譚曜磊嘮叨，葉霖馬上補充說明。

譚曜磊這才放過他，也遞上自己準備的禮物，「小儷，生日快樂。」

譚儷接過一張簽名板和一個可愛的布偶，一看清簽名板上的字跡，立即迸出尖叫，「黎以璐的親筆簽名！爸爸，你是怎麼拿到的？」

「今天她來找爸爸，爲上週的事向爸爸道謝，我跟她說妳很喜歡她，今天是妳的生日，希望能得到她的親筆簽名，結果她不僅送來簽名，還附贈了一個娃娃，作爲妳的生日禮物。」

了！」

譚儷又驚又喜，衝過去抱住譚曜磊的脖子，大聲說：「謝謝爸爸，我最愛你

「哇，姊夫，你向來不會假公濟私，這次卻為了小儷破例，嘖嘖，你果然是女兒奴！」葉霖揶揄完譚曜磊，扭頭問譚儷：「不過小儷，妳每年生日都跟妳老爸過，不覺得無聊嗎？怎麼不跟同學出去慶祝？」

「同學在學校幫我慶祝過啦，而且我更喜歡跟爸爸和小霖叔叔一起過。」譚儷嘴甜道，將切好的蛋糕分給兩人。

「妳再這麼黏爸爸，小心交不到男朋友。」葉霖拿起小短叉，叉起一小塊蛋糕送進嘴裡。

「我才不需要什麼男朋友，我身邊的男生都好幼稚，尤其班上老愛找我麻煩的那個男生，今天又笑我是醜女，還三番兩次故意用力撞我的肩膀，我實在忍無可忍，就跟他打了一架。」譚儷忿忿地說。

「沒事吧？」譚曜磊和葉霖非常震驚，異口同聲問。

「當然沒事，我兩三下就擺平他了。」她用手指推推架在鼻梁上的粗框眼鏡，不無得意。

「不是，我們問的是那個男生沒事吧？」葉霖接話，譚曜磊也含笑點頭。

「爸爸、小霖叔叔，你們很過分耶，都不擔心我嗎？」譚儷氣得當場跳腳。

笑笑鬧鬧吃完蛋糕後，譚儷突然起身走進房間，回座時手上多了一樣東西。

「小霖叔叔，這是我去廟裡求的護身符，給你。」

葉霖伸手接過，頗有幾分訝異，「妳特地幫我求的？」

「對呀，你隨時帶在身上，不可以拿下來，知道嗎？」

「好，知道了。」

譚儷露出滿意的笑容，動手收拾桌上的餐盤。

「小儷，爸爸來就好。」譚曜磊說。

「不行，今天我收到超級棒的生日禮物，要是再享受特權，我的好運會用完的！」

迅速整理過餐桌，譚儷步伐輕快地端著一疊髒碗盤進到廚房，一邊哼歌一邊清洗。

譚曜磊語重心長道：「之前大批民眾湧到立法院陳情，小儷透過新聞目睹你的隊友遭受暴力攻擊，她一直很擔心你。身爲維安特勤隊的一員，你時常得面對許多危險，務必小心自身安危。」

「嗯，我會的。」葉霖手指摩娑護身符，眼中有著深切的感動，「小儷和小蒔一樣，都是非常體貼的好孩子。姊夫，你之所以不考慮重操舊業，主要是不想讓小儷為你擔心受怕吧？雖然我還是覺得以你的能力當保全太過委屈，但我能理解你的想法，你就用你的方式陪伴小儷長大吧。」

譚曜磊但笑不語。

譚曜磊始終對譚儷與房蕙林之間的那段過往守口如瓶，關於譚儷的身世，他告訴葉霖和夏沛然的是刪減並潤飾過的版本。

他對他們說，譚儷是遠房親戚的小孩，父母遭逢意外過世，於是他伸出援手，把譚儷接過來照顧。為了避免引起任何可能的聯想，譚曜磊甚至刻意選在房蕙林過世幾個月後，才讓他們得知譚儷的存在。

剛開始和譚儷共同生活的那段日子，譚儷每天主動打掃家裡、早起幫譚曜磊做好早餐，晚上寫完功課還搶著處理家務。

譚曜磊默默看在眼裡，他很清楚譚儷為什麼會這麼做。

或許是學業、家務兩頭燒，導致身體太過疲累，有一天，譚儷病倒了，譚曜磊向學校請假，讓她在家裡休息。

躺在床上的譚儷很懊惱，淚水在眼眶裡打轉。

譚曜磊坐在她的床邊，看著她好一會才開口：「小儷，就算妳不這麼努力，我也不會嫌棄妳，更不會不要妳。既然我決定把妳接到身邊照顧，就會負責到底，好好撫養妳長大。」

譚曜磊摸摸她細軟的髮絲，柔聲說：「妳不要害怕做錯事，如果妳有做得不對的地方，我會教妳；同樣的，如果我做了讓妳不開心的事，妳也可以向我發脾氣。既然妳願意叫我一聲爸爸，那我希望妳能眞的把我當爸爸，父女之間的相處不需要這麼小心翼翼，不管妳想說什麼、想做什麼，都可以按照自己的心意來。」

譚儷紅著眼眶咬緊了下唇，過了許久，才囁嚅道：「我爸爸在我很小的時候就過世了，我不知道該怎麼跟爸爸相處……」

「不用想這麼多，妳就把我當成妳的爺爺奶奶，或是玟月阿姨。妳可以向我撒嬌，偶爾也可以對我鬧鬧彆扭。如果可以，我甚至希望妳可以稍微任性頑皮一點，不必總是這麼懂事。」譚曜磊唇角微揚。

「小蒔姊姊就是這樣嗎？」譚儷表情認眞。

譚曜磊在心裡斟酌過言詞後，謹愼回答：「差不多吧。不過妳不需要模仿她。小蒔是小蒔，妳是妳，我從未把妳當作小蒔。不管妳們有多麼不同，都是我的孩子，就像玟月阿姨對妳視如己出一樣，我也會同樣這麼對妳，永遠不會變，妳要記住這件事。」

譚儷輕輕點了下頭，似是終於安下心來，神情放鬆許多，過了一會便沉沉睡去。

等她睡醒之後，譚曜磊先用掌心測她的額溫，再俯身將額頭輕輕抵在她的額上。

「好像退燒了。肚子餓了吧？妳想吃什麼儘管說，爸爸幫妳準備。」

在譚曜磊鼓勵的眼神下，譚儷眨眨眼睛，小聲說：「我想吃爸爸煮的湯麵，放青菜和肉片，還有一顆溏心蛋。」

「沒問題，爸爸現在就去煮，煮好再叫妳。」他莞爾一笑，轉身走出房間。

譚儷把那碗麵吃得連一滴湯都不剩，吃完也不再搶著收拾，坐在椅子上看著譚曜磊清洗用過的碗筷。

這天晚上，譚儷終於對譚曜磊說出了心裡話。

「爸爸，我以前看過一部卡通，女主角生病了，她爸爸也是用額頭幫她測額溫，確認她還有沒有發燒。我看了好羨慕，因爲我沒有爸爸，可是現在我有了。」

譚曜磊看著她，「妳覺得開心嗎？」

「嗯，我很開心。」譚儷害羞點頭，一雙靈動的眼眸滿是喜悅。

多了譚儷，譚曜磊灰暗的世界像是重新添上一抹鮮明的色彩，變得明亮生動了起來。

兩人共同生活一年後，譚儷的爺爺奶奶陸續過世，譚曜磊決定賣掉房子，帶譚儷搬去其他地方生活。

赤瞳者一案結束後，方署長曾找上譚曜磊，嘗試說服他重返警界。雖然譚曜磊已經走出妻女過世的陰影，但只要想到自己未來若是不幸在執勤中殉職，譚儷又會變回一個人，他便打消了念頭，他不忍讓譚儷再度經歷失去家人的痛。最後他透過朋友的介紹，到豪宅大樓當保全。

如今譚曜磊的生活過得平靜且踏實，他沒想過能再擁有這樣的幸福。過往那段轟轟烈烈、無時無刻心驚膽跳的日子，隨著譚儷一天天長大，也變得彷彿只是一場遙遠的夢境。

✦

這天傍晚，譚曜磊接到學校老師打來的電話，向大樓管理員知會一聲後，他立刻趕往醫院。

在班導師和三名同學的包圍下，譚儷坐在急診室的病床上，臉上貼有敷料，左手也綁著固定帶。

班導師告訴譚曜磊，譚儷在放學途中，看見一名小學女生違規穿越馬路，眼看她差點就要被車子迎面撞上，譚儷衝上前將她護在懷裡，往路邊一滾，小女生只受了點皮肉傷，譚儷的左手卻骨折了，譚儷的同學馬上打電話叫救護車並通知校方。

沒過幾分鐘，那名小女生的母親也帶著孩子出現在急診室裡，兩人鄭重向譚儷道歉。見譚儷沒有大礙，譚曜磊也不打算追究，將譚儷接回家裡，讓她好好休息。

「還會痛嗎？」

譚儷搖搖頭。

譚曜磊鬆了一口氣，對女兒的擔憂之情溢於言表，「怎麼可以這樣不顧一切衝到馬路上？太危險了。」

「對不起，爸爸。」譚儷歉然道，「我一看到那個小女生快要被車子撞上，就什麼都顧不得了，我保證下次絕對不會了。不過有件事很奇怪，我抱著那個小女生滾到一旁的地上時，她滿臉都是眼淚，照理來說，她當時應該被嚇呆了，怎麼可能在短短幾秒鐘哭成這樣？而且她在過馬路前，明明看了那輛車一眼，她知道有車子要開過來，卻逕自衝上馬路……」

譚曜磊聽出她的言下之意，「妳認為那個小女生是故意的？」

「我確實有點懷疑……希望只是我想太多了。」

譚曜磊沉吟一陣，僅正色囑咐她：「總之，幸好妳這次只是輕微骨折，以後不可以再這麼莽撞，知不知道？」

「知道了。」譚儷自知理虧，溫順地應下。

一聽說譚儷發生意外，葉霖趁著休假過來家裡看她，也同樣叨念了她幾句。譚儷正乖乖聽訓時，門鈴聲響起，她像抓到了一條救命繩索，立刻從椅子上跳起來，跑過去開門。

訪客是一名身材高大的中年男子，手上提著一袋高級水果禮盒，他自稱是那名小學生的父親，透過妻子口中得知原委後，想要親自登門表示謝意與歉意。

「曹隊長？」跟著走到門邊的葉霖迸出驚呼，「你怎麼會來我姊夫家？」世界眞的很小，這位名叫曹承軍的男子，碰巧是葉霖的長官。

曹承軍再三向譚儷道謝與道歉後，譚曜磊向他提起譚儷那天注意到的異常。

曹承軍眼神浮現無奈與擔憂，坦言女兒曹雪確實有些狀況。

曹雪目前就讀小學四年級，個性木訥安靜。無論曹承軍和妻子怎麼詢問，曹雪始終不肯回答，爲何向來循規蹈矩的她會突然闖紅燈。而且在這場事故之後，曹雪開始拒絕上學，甚至一聽到「學校」兩個字，就會失控哭叫，詢問曹雪的班導也找不出原因，曹承軍沒有辦法，只得暫時讓曹雪待在家裡。

譚儷立即自告奮勇，表示自己願意和曹雪談談，或許能幫得上忙。

隔天，譚儷去到曹家，與曹雪兩個人關在房間裡單獨相處了半個小時。

兩天後，曹承軍發現女兒的情緒明顯變得穩定，又過了一天，曹雪主動重返學校上課，也不再做出危險的舉動。

曹承軍特地打電話過來向譚儷道謝，譚儷笑咪咪回了句「不用客氣」。

掛掉電話後，譚儷興高采烈道：「爸爸，這個週末我可不可以邀請曹雪到家裡玩？曹叔叔說，曹雪很想見我。」

「好啊。」譚曜磊一口答應，不免好奇，「妳是怎麼讓那孩子改變心意的？」

「其實也沒做什麼，只是陪曹雪聊聊天而已。」譚儷聳聳肩。

譚曜磊更困惑了，「那妳有問出曹雪行爲反常的原因嗎？」

「有啊，但不是什麼大不了的事，事情也已經解決了。我答應曹雪不會說出去，這是我們女孩子之間的祕密。」譚儷將食指抵在唇上，故作神祕地眨眨眼。

時間很快又過了兩個月，迎來了小蒔的忌日，譚曜磊帶著譚儷來到小蒔的長眠之處。

譚儷將一大把美麗的花束擺放在墓碑前，隨即闔上眼睛，一動也不動。

譚曜磊見狀，笑著問：「妳在做什麼？」

「我在跟小蒔姊姊說話。」譚儷輕聲說，「我有些話想跟她說。」

譚曜磊微微挑眉，沒有問她想對小蒔說什麼，只是安靜地站在一旁。

離開墓園的路上，譚儷挽著他的手，冷不防問：「爸爸，你現在還會常常想起小蒔姊姊嗎？」

「偶爾還是會啊。」

「那你和我說說小蒔姊姊的事好嗎？」

譚曜磊沉吟一陣，緩緩開口：「她小學六年級時，問過我一個問題：如果有一天我去抓毒販，發現那個毒販是她，我會逮捕她、還是偷偷放她走？」

「那你怎麼回答？」

「我一開始說我會逮捕她，她氣得打了我一下，於是我改口說會放她走，她竟然又用力打了我兩下。她說，我逮捕她，她當然不高興，但如果我就這麼放她走，那我就不是她認識的爸爸了。」回想起這段往事，譚曜磊唇角泛起一抹似有若無的笑。

「我好像可以理解小蒔姊姊的心情。」

「眞的？」

「嗯，因爲爸爸是多多嘛。」

夏沛然送過一本繪本給譚曜磊，海鷗多多是書中的主角。譚儷翻看過這本書很多遍。

而譚儷此時說的這句話，夏沛然也曾經對他說過。

「爲什麼我是多多？」譚曜磊有些啼笑皆非。

「堅持守護自己的信念，不管前方的路多漆黑危險，也不輕易退縮。我一看完這本書，就知道沛然哥哥爲何要把它送給你，因爲爸爸和多多一樣堅定勇敢。我最崇拜的就是這樣的爸爸，小蒔姊姊一定也是。」停頓了一下，譚儷望向遠方繼續說：「但也正因爲如此，我的想法和小蒔姊姊不太一樣。倘若是我，即使最終要被逮捕，也不想讓爸爸親自動手。」

「爲什麼？」

「你會傷心啊。」她輕聲說，眼神卻很堅定，「親手逮捕自己的孩子，對一個父親來說，不是更痛徹心扉？我不要你承受這種心碎。」

譚曜磊愣了愣，心中湧現感動，他摸摸譚儷的頭，「我一直不懂沛然這句話是什麼意思，現在總算明白了。謝謝妳。」

「那當然，我可是最了解爸爸的人。」

譚儷笑容可掬，神情驕傲。

✦

半年後，譚曜磊獨自來到賣場採購，被一個年輕女孩叫住。

譚曜磊認出她是譚儷的同學，和譚儷交情不錯，曾經來家裡玩過。

「好久不見，今天過來買東西啊？」他笑著向對方打招呼。

「對呀，我媽要我來買衛生紙。叔叔，小儷呢？」

「小儷沒有過來，家裡有客人。」

「是喔？那她有沒有好一點？傷口還會不會痛？」

「什麼？」譚曜磊微微皺眉。

「昨天小儷的手掌被刀片割破了，保健室老師幫她做完緊急處理後，建議她放學後去一趟醫院。我本來想陪小儷去，但她說會請叔叔帶她去。」

譚曜磊怔了幾秒才回話：「她傷得很嚴重嗎？」

「傷口挺深的。」女孩說完，馬上察覺不對，眼中閃過一絲慌張，「啊，難道小儷沒有告訴叔叔？」

「嗯，她應該是不想讓我擔心，可以請妳幫我一個忙嗎？不要跟她說我知道這件事。」譚曜磊笑了笑。

女孩馬上答應。

推開家裡的門，譚曜磊看見譚儷和曹雪在客廳玩手遊，他放下沉甸甸的購物袋，朝她們走過去。

「把手伸出來，有禮物要送妳們。」

聽到有禮物，兩人立刻放下手機，迫不及待伸出雙手，譚曜磊從口袋掏出兩顆健達奇趣蛋放到她們手上。

「夠，爸爸，我又不是小孩子了，怎麼還給我這個？」譚儷噘起嘴巴。

「那還給爸爸，我想吃。」譚曜磊作勢要回來。

「才不要，哪有人把禮物討回去的。」譚儷笑嘻嘻地拒絕，和曹雪湊在一起撕開包裝紙，看看蛋裡裝的是什麼玩具。

走進廚房，譚曜磊兩隻手撐在流理台上，閉上眼睛。

方才他仔細觀察過譚儷的手，她的掌心一片光滑，別說傷口了，連一條疤痕都沒有。

這是怎麼回事？譚儷的同學沒有必要編這種謊話騙他，譚儷的手掌昨天必然被刀片劃傷過，那樣的傷口如何能在短短一天內復原？

他愈想愈覺得不對勁，一股莫名的不安湧上心頭。

受傷之後以超乎尋常的速度恢復，這種離奇的現象，他只在蕭宇棠的身上目睹過……

譚曜磊如遭雷殛，心亂如麻。

不可能。

事情不可能是他想的那樣。

儘管如此寬慰自己，譚曜磊卻還是無法遏止心跳加速，連撐在流理台上的雙手，都開始不受控地隱隱發顫。

「爸爸。」

譚儷的聲音從譚曜磊身後響起，他的心臟重重一跳，隔了幾秒才略微僵硬地轉過頭。

譚儷走過來將手中的巧克力球塞進他的嘴裡，臉上盈滿笑意：「既然你想吃，怎麼不買一顆給自己？幸好我很大方，很願意分你一半。」

說完，譚儷走回客廳，繼續和曹雪一起玩手遊，留下滲出一身冷汗的譚曜磊。

冷靜下來，房之俞已經死了，譚儷只是個普通人。譚曜磊反覆對自己說。

他用力吞嚥一口唾沫，喉嚨仍像火燒似的乾澀。

他心裡很清楚，一旦有了這個念頭，他就無法裝作什麼都沒發生，他必須證明這種荒謬的想法是錯誤的。

譚曜磊絞盡腦汁，思索著要如何找出線索，最後他想到了或許可以從曹雪身上著手。

傍晚，譚曜磊告訴譚儷，他有東西忘了買，要再出去一趟，順道開車送曹雪回家，以及等會可能會有包裹送上門來，讓譚儷留在家裡幫忙收取，譚儷一口答應。

順利得到與曹雪獨處的機會，譚曜磊行駛了一陣，便將車子停靠在路邊。

「曹雪，有一件關於小儷姊姊的事，叔叔需要妳的幫助。」

「好。」曹雪馬上點頭。

「之前妳不肯去學校，小儷姊姊去妳家找過妳，當時妳們一起在房間裡做什麼?」

曹雪眼中閃過明顯的驚慌，咬緊下唇，不發一語。

「曹雪，妳不用跟叔叔說妳那時候爲什麼不願意上學，但妳可不可以偷偷告訴我，小儷姊姊是如何幫助妳的?叔叔很擔心小儷姊姊會遭到危險，只有妳說出來，叔叔才能救她。」

一番軟言相勸後，譚曜磊總算成功說服曹雪。

那天早上，曹雪在上學途中經過公園，差點被一個成年男人強拉進公廁，幸好有路人出手相助，那個男人見情勢不對才落荒而逃。

曹雪嚇壞了，性情膽小的她不敢把這件事稟報老師。放學後，她站在路邊等著過馬路，竟看見那個男人站在她身側不遠處，對她露出不懷好意的笑容，曹雪嚇得哭了出來，一時驚慌失措，才會明明看到有車子開過來，還朝馬路衝出去。

譚儷去見曹雪時，沒有問曹雪發生了什麼事，只是請曹雪允許自己輕輕握住她的手，曹雪見譚儷笑容溫和，態度可親，就答應了。

隔天，譚儷打電話向她保證，那個男人已經被警察逮捕，要她不必再害怕，可以安心回學校上課了。

聽到這裡，譚曜磊不敢去想自己此刻的表情。

「妳從頭到尾都沒有告訴小儷姊姊事情的經過，她就全都知道了？」

曹雪點頭。

「……她有跟妳說，她是怎麼知道的嗎？」譚曜磊竭力控制嗓音不流露出異樣。

「小儷姊姊說，只要握住別人的手，她就能知道對方發生了什麼事，她要我絕對不能說出去。」曹雪有些不安。「叔叔，我把這個祕密告訴你，小儷姊姊會不會生我的氣，以後就不理我了？」

譚曜磊心中一片冰涼，強忍著內心的巨大不安，顫聲道：「那……當小儷姊姊握著妳的手時，她身上有沒有出現什麼不尋常的現象？像是眼睛變成了紅色？」

曹雪低頭回想，最後搖頭，「我不知道，那時候小儷姊姊的眼睛是閉起來的。」

譚曜磊沒有再繼續問下去，謝過曹雪之後，便把她送回家，而曹雪也允諾不會將兩人今天的對話說出去。

回程路上，譚曜磊把車子停在超商門口，進去買了一盒巧克力。

開門走進家裡，只見譚儷連眼鏡都沒摘，就橫躺在沙發上睡著了，譚曜磊走近沙發，凝視她的睡顏半晌，才俯身輕搖她的肩膀，將她喚醒。

譚儷揉揉沉重的眼皮，困倦地坐起，「爸爸，你回來啦？我不小心睡著了。對了，沒有包裹送到家裡耶。」

「是嗎？那大概明天才會到吧。」譚曜磊語氣自然，將巧克力盒放在桌上，「我買了巧克力回來，要不要吃？」

「噗，爸爸，你該不會是因爲剛剛吃不夠，特地又再去買吧？」譚儷笑得樂不可支。

「是啊，今天不知怎的很想吃巧克力。」譚曜磊不動聲色地回，話鋒一轉，「晚餐想吃什麼？」

譚儷想了想，伸手拉住他的衣襬，提議：「爸爸，今晚你別煮了，我們去夜市吃怎麼樣？我參加學校舉辦的圖文創作競賽，拿了第三名，有一仟元獎金喔，我請你吃牛排！」

「好啊。」譚曜磊微微一笑。

第九章

再次來到這片山林，譚曜磊將車子停在空地，走到房蕙林從前的住處，那棟房子如今已有別人入住。

譚儷的爺爺奶奶過世後，譚曜磊就沒再來過這裡，憑著有些模糊的記憶，他順利找到譚儷的老家。

大門是敞開的，從屋裡的環境與陳設研判，現前應該有人居住。

朝屋內喊了幾聲，無人回應，譚曜磊猶豫半晌，決定走進去看看，發現譚儷一家的全家福照片還掛在原處。

「喂，你在我家做什麼？」

一名皮膚黝黑、面貌粗獷，戴著斗笠的中年男子從背後厲聲叫住他。

譚曜磊向對方自我介紹，得知這名男子是譚儷爺爺那邊的親戚，譚儷爺爺去世一年後，他和妻子一起搬進這裡。

「我只在小儷一歲時見過她一次。」氣候炎熱，男子脫下斗笠，給自己搧風，「那孩子現在身體健康嗎？沒有什麼毛病吧？」

譚曜磊覺得他這句問話不太尋常，反問：「什麼意思？」

「小儷她阿嬤家族那邊，似乎有心臟方面的遺傳疾病。小儷的爸爸和姑姑就是心臟病走的，我擔心那孩子會不會也有一樣的病。」

譚曜磊感覺後腦被人拿著一把大槌子重重捶下。

房蕙林當年給他看過房之俞的死亡證明書，死因就是心臟病。

他幾乎已經可以肯定，當年死去的那個孩子，不是房之俞。

而是許儷。

後來譚曜磊花了點時間，找到房之俞和譚儷的昔日玩伴，也就是當年目睹「房之俞」不治過世的兩名少年少女，向他們探聽那天的事發經過，結果意外得知另一樁驚人真相。

少年表示自己並沒未親眼目睹何亞聆死亡，當時他們一群人一起在後山遊玩，玩著玩著，何亞聆和許儷就不見了，直到有大人氣急敗壞地找過來，他們才知道出事了，後來便聽聞何亞聆因突發性心臟病身亡，許儷也跟著消失，過了半年才又出現。

「許儷那半年去了哪裡？」譚曜磊問。

少年聳聳肩，「許儷不肯多說，當時她是和玟月阿姨一起不見的。聽說玟月阿姨辦完何亞聆的後事後，過於悲傷，於是帶著許儷暫離傷心地，去各地旅遊散心好一陣子才回來。」

這次譚曜磊過了許久才出聲：「在你們的印象裡，何亞聆和許儷是什麼樣的人？感情如何？」

「許儷很活潑，何亞聆就比較靦腆一點。她們感情很好，無時無刻都黏在一塊，我從沒見她們吵過架。」少女說完，少年也認同地點點頭。

「那你們半年後再看到許儷，有覺得她哪裡變得不太一樣嗎？」

兩人低聲討論了一下，最後都搖了搖頭。

從房蕙林當初隱居的山區回到市區後，譚曜磊把車子停靠在路邊，呆坐在車裡，一動也不動。

雖然不知道房蕙林是如何做到的，但房蕙林當時帶著房之俞消失半年，是爲了想掩蓋眞相，以及讓房之俞藉由這段時間，將許儷的一切模仿得惟妙惟肖，之後好頂替許儷的身分生活，不使其他人起疑。

而身爲赤瞳者的房之俞，完全有能力做到這點，她輕而易舉能變換成許儷的模樣，也能讀取許儷腦中過往的記憶。

不知道時間過去了多久，直到一輛大卡車從旁邊轟隆駛過，譚曜磊才稍稍回過神來。

他拿起手機，撥出一通電話。

「袁醫師。」譚曜磊深呼吸，沉聲說：「您以前說過，發病之後，還能活過十年以上的赤瞳者，幾乎不可能存在。那麼假如現在……真的出現了這樣的赤瞳者，她還有機會得救嗎？」

彼端過了一會才出聲。

「還是要看這名赤瞳者體內紅病毒的反噬程度才能判斷。不過美國CDC前年已證實，的確有與紅病毒共存力高，因此反噬症狀並不顯著的赤瞳者；然而無論這名赤瞳者的反噬症狀明不明顯，紅病毒都會持續侵略宿主體內的細胞，倘若發病超過十年，就等同於是罹患重症，存活率甚至比當年的定寰還低，何時死去都不奇怪。」袁醫師侃侃而談，隨後關切地問：「譚先生，怎麼了？是不是出了什麼事？」

譚曜磊全身顫抖，喉嚨逸出破碎的哽咽。

他別無選擇，向袁醫師道出一切。

✦

「爸爸、爸爸。」

譚儷將譚曜磊從睡夢中喚醒，眼裡有著顯而易見的擔心。

「你怎麼會趴在餐桌上睡著？連制服都沒換下。你很累嗎？還是有那裡不舒服？」

譚曜磊完全不知自己是何時睡著的，他直起身，恍惚望向背著書包的譚儷，她應該是剛從學校回來。

「我沒事。妳吃過飯了嗎？爸爸去幫妳煮點東西。」

「爸，你眞的睡迷糊了。我不是有傳訊息給你，跟你說今天我和同學在速食店寫作業，順便吃晚餐嗎？而且現在都快九點了。」譚儷哭笑不得，放下書包走到他的身後，動作嫻熟地替他按摩肩膀，「你絕對是太累了，等等你先去洗澡，我幫你準備宵夜。」

在譚儷的堅持下，譚曜磊走進浴室洗澡，從浴室出來後，餐桌上已經擺著一碗熱騰騰的營養湯麵，有青菜有肉絲，還有一顆蛋。

譚曜磊吃完麵時，譚儷也切好一盤水果放到桌上。

「小儷，妳坐。」

譚儷依言坐下，「什麼事？」

「這個星期六，爸爸有個朋友會過來家裡，妳可不可以幫忙招待？」

「當然可以，是什麼樣的朋友？」

「我還在當警察時認識的，他過去這段時間大都待在國外。我跟他提過妳，他想過來看看妳。」譚曜磊輕描淡寫道。

「是男的嗎？」

「是啊。」

「唉，什麼嘛，我以爲是女生。」譚儷語帶失望。

「爲什麼妳以爲是女生？」譚曜磊不解。

「你剛剛一副鄭重其事的樣子，我本來猜會不會是爸爸有了女朋友，要介紹給我認識。」

譚曜磊啞然失笑，卻也好奇譚儷的反應，「如果我帶女朋友回家，妳眞的會感到高興？」

「當然，以爸爸的條件，有對象本來就不奇怪，我同學也都誇你很有男子氣概。

我才不是那種想要獨占爸爸、百般阻擋爸爸交女朋友的女兒，我比誰都希望爸爸可以得到幸福。」譚儷振振有詞道。

「我沒妳說得這麼好，我從來就不懂得如何去保護重要的人，總是一再犯錯，做出無可挽回的事。」譚曜磊悵然道。

似是察覺到譚曜磊情緒低落，譚儷輕輕握住他的手，「哪有這回事？爸爸不是把我保護得很好嗎？如果你沒有收養我，我根本不可能過得這麼幸福。」

譚曜磊抬頭望著她，沒有出聲。

譚儷的語氣帶著前所未有的堅定，「上次我們去看小蒔姊姊時，我跟她說，我很開心可以和她一起擁有全世界最好的爸爸。這輩子除了玟月阿姨，爸爸就是我最重要的人，我從很久以前就在等待著你了，我願意用一切交換和爸爸在一起的所有回憶。」

儘管拚命壓抑，譚曜磊仍忍不住眼眶泛紅，落下了一滴淚。

他迅速控制情緒，擦乾頰邊的淚痕，開玩笑道：「等妳以後有了男朋友，就會嫌爸爸煩了。」

「我才不會那樣。」譚儷不滿地嘟起嘴，「爸爸，你是不是今天在工作上受委屈了？難道是你老闆刁難你？還是有住戶找你麻煩？哼，敢欺負我爸爸，我去教訓他們！」

知道女兒是想逗自己開心，譚曜磊揚起唇角，伸手捏了捏她的鼻頭。

「小儷，週五晚上爸爸有話要說，可以給我點時間嗎？」

譚儷噗哧一笑，無奈道：「什麼話不能現在說嗎？好啦，我那天晚上會早點回來。」

向袁醫師說出許儷眞正的身分後，袁醫師囑咐譚曜磊不能向任何人透露此事。

過沒多久，袁醫師來電告知譚曜磊，表明自己將與一名研發出綠苗的專家，共同攜帶最新型的綠苗注射劑前來台灣，讓譚儷接受施打，之後再想辦法帶譚儷離開台灣。

袁醫師認爲，由於目前尚不能確認台灣政府會如何處置譚儷，若是消息傳出去，譚儷或許將性命不保，而譚曜磊也必然無法逃過刑責追究。

譚曜磊陷入深深的悔恨，倘若當時他能早點釐清眞相，並透過袁醫師的安排，說服房蕙林讓譚儷離開台灣接受治療，譚儷就不至於錯過施打綠苗的黃金時機；他更恨自己守在譚儷身邊多年，竟從來不曾發現她的異常。

那時袁醫師出言寬慰他：「譚先生，請別怪罪自己，你能在這時候發現眞相，還不算太晚。況且房之俞有心隱瞞在先，你當然更不可能察覺。我一定會盡全力幫助她，請你打起精神，不要放棄任何希望。」

譚曜磊打算在袁醫師抵達前，就給譚儷喝下添加安眠藥的牛奶，讓她在昏睡中施打綠苗。

不過，在這之前，他想告訴譚儷，他已經知道她是誰了，但是他並不在乎。

無論她是房之俞，還是許儷，她永遠是他的寶貝女兒。

✦

週五早晨，譚曜磊做了豐盛的美式早餐，烤土司、太陽蛋、煎得焦香的培根，以及一杯冰涼的鮮奶。

譚儷背著書包從房間走出來，把餐點吃得乾乾淨淨，一樣也沒剩下。

她端著餐盤走向正站在流理台前清洗鍋鏟的譚曜磊。

「爸爸，放學我會先去書局買東西，買完就回來。」

「沒關係，妳慢慢來，不用急。」譚曜磊從她手中接過餐盤，「我洗就好，去上課吧，路上小心。」

「好。」譚儷看著他，又喚了他一聲，「爸爸。」

「嗯？」譚曜磊扭頭望去，迎上的是一雙深邃絕美的血色眼瞳。

下一秒，他眼前一黑，徹底失去了意識。

第十章

早晨載滿學生及上班族的火車上，某個位於最後一節車廂的男大生，神色不安地用手機偷拍車門邊的高中少女。

少女身著制服，是最簡單的白襯衫和黑百褶裙。

譚儷自始至終注視著車窗外，即使知道那名偷拍她的男大生，以及其他乘客都因爲她身上的奇怪現象開始出現騷動，她也絲毫不爲所動。

隨著釋放異能，她猶如黑瀑的及腰長髮，從尾巴漸漸蛻變爲白金色。

當那片顏色來到她的肩膀，乘客們看她的表情都帶著恐懼，好似眼前這名詭異的少女，正在幻化成一隻危險的怪物。

任憑車廂裡的乘客舉起手機對著她或拍照或錄影，譚儷始終無動於衷，彷彿毫無所覺。

此時列車在人潮最多的一站停靠，車門緩緩開啓，一名光頭男子手持正在直播的手機，大膽走近譚儷拍攝，當男子的手快要觸碰到她的那一剎那，譚儷猛然扭頭朝他瞪去，列車裡和月台上的燈光瞬間熄滅又再度亮起，車廂內所有乘客的手機也全數當機，無法繼續使用。

光頭男子被譚儷紅色的眼睛嚇得癱坐在地上，譚儷趁亂下車，朝車站大廳大步邁進。

四周行人無不對譚儷的紅色眼瞳和白金髮色投以驚愕的目光，並與她拉開距離，只敢在背後指指點點，而譚儷所經之處，照明燈光全都不自然地快速閃爍，場面詭異至極。

如譚儷所料，她的照片和影像已經在網路上廣爲流傳，更驚動了警方。

她一來到車站大廳，立刻有大批戴著頭盔和面罩的藍衣警察從四面八方湧入，驅趕車站裡的人群。

一陣兵荒馬亂後，譚儷被五十多名手持衝鋒槍的維安特警團團包圍。

每一支槍口皆不偏不倚地對準了她。

✦

手機鈴聲不斷作響，譚曜磊勉力睜開沉重的眼皮，過了好一會才回想起現在是什麼情況。

他全身疲軟無力，太陽穴劇烈刺痛，只能扶著流理台從地上顫巍巍爬起。

「小儷？」

想起失去意識前看到的那一幕，譚曜磊不由得心跳加速。

手機兀自鈴聲大作，他腳步踉蹌地來到客廳，拿起放在桌上的手機，電話是夏沛然打來的，他馬上接起。

「譚叔叔，你看到了沒有？」夏沛然的口氣充滿驚慌。

譚曜磊迅速點開他傳來的網址，那是一段張貼在社群網站上的影片。當他看見火車車廂裡那名髮色怪異的高中少女，譚曜磊頓時臉色慘白。

縱使只有背影，他仍一眼認出那是譚儷。

譚儷平常是搭公車上學，爲何會以那副樣子出現在火車上？她準備去哪裡？打算做什麼？

剛剛譚儷應該是故意發動異能攻擊他，讓他暈過去，她爲什麼要這麼做？

想著想著，譚曜磊全身被一股強烈的寒意籠罩。

看過影片，譚曜磊能肯定譚儷是蓄意讓車廂上的乘客拍下她的樣子，而她這麼做的目的只有一個，就是把她身負異能的畫面在極短的時間內散播出去，引起警方注意。

摸清譚儷的意圖後，譚曜磊便也猜到了她的目的地，即刻就想趕過去，然而他仍覺頭暈目眩，無法自行開車，只能坐上一輛計程車。

聽到譚曜磊要去台北車站，計程車司機驚訝道：「先生，你沒看新聞嗎？車站那邊好像發生大事，禁止人車進出，周邊道路也都封了，建議你最好先別過去。」

「你別管，載我過去就是了。」譚曜磊氣若游絲，滿頭是汗，不時喘著粗氣。

司機見他神情痛苦，鍥而不捨勸道：「先生，我看你不該去車站，應該要去醫院才對。」

「不用了，快開車。」

「但你看起來非常不舒服，還是我——」

司機話還沒說完，就被譚曜磊一把抓住頭髮。譚曜磊將鑰匙尖頭抵住他的喉嚨，咬牙切齒說：「別讓我再重複一遍，馬上開車，否則我現在就用這把鑰匙割破你的喉嚨！」

司機嚇得不敢再多言，重重踩下油門，驅車前往台北車站。

五官精緻的美麗少女安靜地站在車站大廳中央，葉霖屏息注視著她那一對血色眼瞳，只覺不寒而慄。

一滴冷汗自額頭悄悄滑落，他的食指緊扣在板機上。

葉霖萬萬沒想到自己會有親眼見到赤瞳者的一天，少女身上不斷湧現的駭人力量，令他爲之震撼，且無比驚懼。

隊上接獲通報，疑似是房之俞的第二型紅病毒感染者出現在火車上，極可能準備前往台北車站。現前所有可以調動的隊員都被派過來了，包括葉霖。

事先看過房之俞的檔案資料，葉霖知道她長得像混血兒，由於罹患白化症，髮色也會是白的。因此當他抵達現場一看見那名少女，立刻認出她就是房之俞，心想原來她竟然還活著。

待維安特警隊一將房之俞團團包圍，房之俞便不再有任何動作，站在原地與警方靜靜對峙。

葉霖看不出她有何企圖，只隱隱覺得她似乎是在等待什麼。

當他的目光不經意落向房之俞手上戴著的智慧型手錶，視線就此定住。

房之俞手錶的錶帶，和他送給譚儷的錶帶是一樣的。

葉霖忍不住反覆端詳眼前的少女，漸漸瞪大了雙眼。

「小儷……」他慌張地望向身旁的曹承軍，「隊長，她是小儷！」

「你說什麼？」曹承軍蹙眉。

「這個人是譚儷，她是小儷。我百分之百肯定是她！」葉霖話聲激動。

曹承軍震驚地看著眼眶發紅的葉霖，不知道該不該相信。

就在這時，房之俞冷不防扭頭朝旁邊的美食攤櫃望去，緊接著傳來一道淒厲的哀號，一名男大生倒臥在地上瘋狂打滾，沒多久便暈死過去，一支冒出白煙的手機掉在一旁。

幾名特警過去查看，男大生身體左半邊多處潰爛發黑，顯然是房之俞的異能所致。

其中兩名特警連忙將男大生帶開，並聯絡急救人員前來。

而房之俞再度停下動作，不發一語，神態漠然。

葉霖這下終於明白她的意圖。

「小儷……想讓我們殺了她。」葉霖心神大亂，口中反覆喃喃道：「怎麼會這樣？怎麼會這樣……」

曹承軍臉色發白，拿起手中的對講機，向另一頭報告。

「目標身分確認，其爲最後一名赤瞳者無誤，完畢。」

「目標是否出現威脅性行爲？」彼端的長官回應。

看著四周不停閃爍的燈光，曹承軍吞嚥一口唾沫，艱澀答道：「是，目標現形後持續使用能力，蓄意引起恐慌，並主動攻擊一名來不及疏散的民眾。請下指令，完畢。」

「即刻狙殺，完畢。」長官毫不猶豫地下達命令。

聽見葉霖的啜泣聲，曹承軍抿緊了雙唇，眼眶隱隱發熱。

似乎不打算再給他們時間猶豫，譚儷再次發動異能，車站二樓接連傳來巨大的爆炸聲響，玻璃全部應聲而碎，整座車站都在晃動。

曹承軍在情急之下發出指令，數名特警即刻朝少女扣動板機。

✦

「先生，先生。你還好嗎？」

聽見司機連聲呼喚，譚曜磊才驚覺自己不小心暈了過去，一睜開眼睛，已經見到車站建築就在前方不遠處，然而路上塞車嚴重，車子只能以緩慢的速度前進。

「先生，就快到了！」

司機的聲音聽起來模糊且遙遠，譚曜磊呼吸孱弱，意識又漸漸有些不清，他努力望著車站的方向，隱約聽見某個聲音自腦海深處響起。

「譚警官，你也曾經爲人父母，如果事情發生在你女兒身上，你會做出什麼決定？」

譚曜磊眼中泛起淚光。

接著他聽見了另一個無比懷念的聲音。

「請你永遠別原諒我。」

蕭宇棠曾經這麼對他說，房蕙林也是。

她們清楚知道自己做出的決定，將爲他的人生帶來巨變，甚至可能把他推落萬劫不復的地獄。

「我所做的事，總有一天會讓你恨我，並後悔跟我這種人扯上關係。」

想到蕭宇棠是用怎樣愧疚的心情說出這句話，以及房蕙林最後對他流下的那些淚水，譚曜磊胸口隱隱作痛，心裡一點恨意也無。

因爲她們所做出的抉擇，他全都能理解。

如果時光倒流，他相信自己仍會決定接手照顧譚儷，縱使房蕙林欺騙了他，他也絲毫不怪她，只對她有著深深的感謝。

他多想親口告訴蕭宇棠，他不恨她，更不後悔遇見她。

要是沒有她，譚儷不會走進他的生命，他更不會再次擁有這樣的幸福。

「先生，很抱歉，已經無法再過去了。」

五分鐘後，司機一臉無奈地對譚曜磊說。

譚曜磊把一張仟元大鈔遞過去就開門下車，腳步蹣跚地步行前往台北車站。

只是還沒到車站入口，便遭警方攔下，無論譚曜磊如何請求，警方都拒絕讓他再靠近一步。

沒有多久，車站裡接連傳出巨大爆炸聲，整座車站都在震動。

車站外的民眾嚇得四處逃竄，尖叫聲此起彼落，現場一片混亂。

而在爆炸聲之後，緊接著連續三聲響亮的槍響劃破天際。

譚曜磊渾身的血液幾乎爲之凍結，他雙眼發紅，狀若癲狂，企圖衝破警員的阻攔，體力卻已來到了極限。

他再也支撐不住，雙腳一軟，最後一絲意識被黑暗吞噬。

✦

譚儷在車站裡連中三槍倒地，之後被警方緊急帶往醫院。

被譚儷所傷的那名男大生，因傷勢過重必須截肢，搶救過後幸運撿回一命。

又有一名赤瞳者在公開場合現身一事迅速傳至國際，美國CDC當即與台灣政府聯繫，袁醫師也與他的友人抵達台灣，費了一番工夫才說服台灣政府，准許讓譚儷施打綠苗。

譚儷被捕後，譚曜磊也於當日遭到羈押，但很快就順利交保。

原因在於房之俞現身那天，警方收到兩樣東西，一樣是一本有多年使用痕跡的日記，另一樣則是一支影片。

鑑定過筆跡，警方證實這本日記爲房蕙林所有，她鉅細彌遺地記錄下許儷死亡的眞相。

當年房之俞和許儷一同到後山遊玩，有隻小貓攀爬至一棵約莫十五公尺高的樹上，擔心貓下不來，房之俞便動用異能把貓救下，許儷卻在同時忽然倒地不起，驚懼之下，房之俞連忙奔回家中向房蕙林求援。

房蕙林卻赫然驚覺房之俞的五官已經變成許儷的模樣，趕緊到後山將許儷帶回來，悄悄送往醫院，但最後許儷仍回天乏術。

慌亂之中，房之俞沒有意識到自己仍頂著許儷的容貌，醫生和護理師以爲她和許儷是雙胞胎姊妹。房蕙林擔心東窗事發，決定李代桃僵，宣稱死去的女孩是何亞聆，而非許儷。

之後，房蕙林帶著房之俞暫時離開住處半年，要求她學習模仿許儷的言行舉止，直至熟練、看不出破綻之後，兩人才返回原地，若無其事地繼續先前的生活，成功瞞過了所有人。

房蕙林在日記上細述，她是如何夥同房之俞欺騙譚曜磊，得知他曾經痛失愛女，便利用他的憐憫之心，誘使他答應接手照顧房之俞。而房蕙林也再三囑咐房之俞，絕對要欺瞞譚曜磊至最後一刻。

警方收到的那支影片，是用手機錄下的，聲音被刻意去除了。拍攝地點在譚曜磊家裡的廚房，譚曜磊站在流理台洗碗，而譚儷端著餐盤走近他身後，鏡頭清楚拍下譚曜磊扭頭對著女兒微笑說話，卻冷不防遭受譚儷出手襲擊，倒地不起。

若是不知內情，光看這兩樣東西，想必確實會認爲是房蕙林和假冒成譚儷的房之俞，聯手設計與利用了譚曜磊。

「房蕙林必然早知道會有這麼一天，才留下日記作爲證據，好讓譚叔叔擺脫共謀犯罪嫌疑。小儷大概是猜到譚叔叔已然得知眞相，因此故意將襲擊譚叔叔的過程拍攝成影片，而後將這兩樣東西寄給警方，她要確保警方相信譚叔叔是無辜被騙的受害者。」夏沛然神情凝重哀戚。

譚曜磊何嘗不懂她們的用意，他面容憔悴，滿臉鬍渣，不發一語。

良久，他緩緩抬起頭，望向坐在身側的另一個人，「小霖，謝謝你，如果不是你認出小儷，小儷已經死了。」

「姊夫，你別這麼說，這全都有賴曹隊長相助，是他在下令開槍時，要大家避開致命部位。」葉霖不敢居功。

譚曜磊啞聲道：「此舉等同於臨陣違背上級命令，他應該會遭受一定程度的懲處，請你替我轉告他，我永遠不會忘記他的恩情。」

「我會的。」葉霖低聲應下，眉頭擰起，「我還是不明白，爲什麼小儷要這麼做？」

譚曜磊深吸一口氣，「她不想接受治療。」

「你的意思是，小儷寧可死，也不願意接受治療？這是爲什麼？」葉霖瞠目。

見譚曜磊沒有答話，夏沛然心中有了猜測，開口接腔：「可能是因爲，小儷並不想忘記譚叔叔。小儷或許早就知道有綠苗這種東西，也知道施打綠苗會伴隨什麼樣的副作用，而小儷不願失去跟譚叔叔之間的回憶。」

譚曜磊的視線因淚水而變得模糊。

「我願意用一切交換和爸爸在一起的所有回憶。」

直到此刻，譚曜磊才眞正理解譚儷這句話的意思，她之所以會搭上火車，讓身負異能的自己曝光在公眾之下，箇中緣由她其實在更早之前，就已經告訴他答案了。

「倘若是我，即使最終要被逮捕，也不想讓爸爸親手動手。」

「親手逮捕自己的孩子，對一個父親來說，不是更痛徹心扉？我不要你承受這種心碎。」

儘管譚儷明白她的舉動將會導致自己難逃一死，但她並沒想過要自我了斷，她不想踏上小蒔的後塵，帶給譚曜磊更多的傷害。

於是她選擇讓警察開槍射殺自己，並且事先做好讓譚曜磊得以全身而退的準備。

自始至終，譚儷都在用生命守護著他。

想到這裡，譚曜磊像是再也難以承受，緩緩閉上了眼睛。

✦

像譚儷這種在發病後長期與紅病毒共存的案例很少，美國CDC積極與台灣政府協商，最後雙方協議將房之俞交給美國CDC進行研究，並將針對譚儷施打綠苗後的反應，調整後續的治療方式。

在袁醫師的安排下，譚儷已在台灣施打綠苗，她所施打的綠苗針劑，和先前蕭宇棠、馮瑞軒所施打的不同，是改良過的新型綠苗，治療效果更顯著，副作用也更少，只要譚儷順利撐過前三年，就有很高的機率甦醒。

經過袁醫師大力爭取，譚曜磊得以在譚儷離開前見她一面。

譚儷躺在警備森嚴的加護病房裡陷入沉睡，一頭美麗的白金色長髮柔順地披散在枕頭上，眉目柔和，睡顏恬靜，宛若天使。

雖然只能透過玻璃窗看她，但只要她能活著，譚曜磊就心滿意足了。

他紅著眼睛，痴痴凝望著譚儷許久，想將女兒的模樣永遠刻在腦海裡。

三天後，袁醫師帶著譚儷搭乘醫療專機離開了台灣。

✦

「譚叔叔，生日快樂。」手機螢幕裡的夏沛然神采奕奕，「可惜我不在台灣，不然就可以去你家幫你過生日。」

譚曜磊莞爾：「謝謝你有這份心，我就算不過生日也無所謂。」

「那至少許個生日願望?」

「我沒什麼生日願望。」

「那我來幫你許。老實告訴譚叔叔，其實我每年過生日，都有一個願望是給你的。」

「給我？爲什麼？」譚曜磊不解。

「因爲我希望譚叔叔能得到幸福。」

譚曜磊怔住，「沛然，你沒必要這樣。」

「譚叔叔不用覺得有負擔，我是自己想這麼做的。」夏沛然狹長的眼眸中盈滿笑意，「感謝也是一種祝福，譚叔叔你一定不曉得，有多少人希望你能得到幸福。像是瑞軒、宇棠姊、馮阿姨，以及房蕙林……還有我，都對叔叔充滿無限的感謝。我相信這些意念凝聚起來，會變成一股無形的力量，驅使幸福去到譚叔叔身邊。」

譚曜磊的喉嚨微微一梗，「你從以前到現在都是個性情浪漫的孩子。」

「譚叔叔不會是在諷刺我天眞又不切實際吧？」

「當然不是，我很喜歡你這種個性。」譚曜磊發自肺腑道。

「既然如此，就請譚叔叔接受我的願望吧。」夏沛然笑容可掬，眼睛瞇成一直線，語氣有著不容撼動的堅定，「只要我還記得這一切，就不會停止這麼做。」

譚曜磊忍不住心中湧上欽佩，「沛然，我一直很欣賞你始終堅持自我，不輕易動搖，這很不容易。」

「這點譚叔叔也是呀。過去我陷入徬徨迷惘的時候，時常會想起你，我想變成像你這樣的人。不僅我這麼想，宇棠姊也是，你的存在對我們來說是一種安定的力量。倘若沒遇見譚叔叔，當年我們是無法堅持到最後的，是你拯救了我們所有的人。」

譚曜磊默不作聲，他並不覺得自己有夏沛然說得那麼好，但去爭辯這些似乎也有些矯情。

「譚叔叔。」夏沛然又喚了他一聲，話聲裡多了些其他情緒，「對這樣的結果，你後悔嗎？」

譚曜磊沒有回答。

不知道爲什麼，他當下沒有辦法回答這個問題。

十二月的某個夜晚，譚曜磊家裡傳來爭執聲。

「葉智昕，你好了沒？你今天不是還有英文作業要寫？再不走我就要修理你了！」葉霖一臉氣急敗壞。

「我不要回家，我要留在這裡跟姑丈玩！」十歲的男孩一溜煙躲到譚曜磊背後，不肯跟著父親回家。

「還是讓智昕再待一下？晚點我開車送他回去。」譚曜磊提議。

「耶！姑丈最好了！」，葉智昕爆出一陣歡呼。

葉霖苦笑，「姊夫，你不能再這麼寵他了。上次爲了來你這裡，他說自己已經寫完作業，結果根本沒寫，老師還把這件事寫在聯絡簿上，他媽媽都快氣壞了。」

「有這回事？」譚曜磊很意外，轉頭對男孩說道：「智昕，你怎麼可以欺騙爸爸媽媽呢？作業一定要確實做完才行。你現在乖乖回家寫功課，下次才可以再過來找姑丈玩。」

見譚曜磊不再站在自己這邊，葉智昕很識相地放棄掙扎，他噘起嘴巴，悶聲說上完廁所就回去，便走進洗手間。

葉霖又是好氣又是好笑，「眞奇怪。這小子到底爲什麼這麼愛黏著你？我跟他媽媽說破了嘴，都敵不過姊夫你的一句話。」

譚曜磊莞爾瞥了他一眼，「你小時候不是也很愛黏著我？而且說到不愛寫作業，你以前好像比智昕還誇張。有一次你說你暑假作業早就寫完了，結果到了暑假最後一天……」

「噓！姊夫，要是讓那小子知道，我以後就沒立場教訓他了！」葉霖看向洗手間，確認兒子還在裡面，連忙低聲向譚曜磊求饒。

葉霖和葉智昕這對父子離開後，譚曜磊收拾過客廳、洗完澡，看了一會電視便準備就寢，此時手機鈴聲響起。

這通電話很快就結束了，譚曜磊依照對方的指示，坐到電腦前，開啓視訊通話，電腦螢幕上出現一名白髮蒼蒼的老人。

「譚先生，最近好嗎？我是不是打擾你休息了？」

袁醫師眉目慈祥，眼角因微笑而牽起幾條深深的皺紋。

儘管年逾八十，袁醫師身子骨還是頗爲硬朗，見他氣色不錯，譚曜磊心裡頗爲欣慰。

「沒這回事。您忽然要我開視訊，是有什麼事嗎？」

「我想告訴你一個好消息。」袁醫師臉上滿是和煦的笑容，「房之俞在一個星期前醒過來了。」

等到譚曜磊消化完這句話，笑意凝結在他的唇邊。

自譚儷施打綠苗，陷入沉睡，已經過了整整十五個年頭，在這段漫長的歲月裡，他不曾再聽聞她的消息。

如今猝不及防聽聞譚儷清醒過來，譚曜磊頓時呆住了。

似是能理解譚曜磊此刻內心的震撼，袁醫師不等他接話，逕自溫聲說下去：「能在有生之年看到房之俞甦醒，我感覺心裡的遺憾少了一點，相信譚先生一定也是如此。」

等到譚曜磊終於能出聲，他清楚聽見自己嗓音發顫，「那孩子……怎麼樣？她還好嗎？」

「嗯，她身體的各項指數都在正常範圍內，狀況算不錯。」袁醫師不疾不徐答道，「只是她醒來至今，還沒有開口說過話。」

譚曜磊猜測：「難道是綠苗的副作用？」

「目前還不能確定。經過測試，房之俞的認知能力還算正常，但不管問她什麼她，她都沒有反應，這也影響了我們對她腦部的判讀，無法確認她是否也和其他人一樣，出現部分記憶缺失。」袁醫師意味深長地說，「所以我今天過來看她的時候，帶了一樣東西。」

「什麼東西？」

「你的照片。」袁醫師微微一笑，「我想測試她看到你的照片會有什麼反應，果然有了收穫。」

譚曜磊的心被高高吊起，心跳如擂鼓，「什麼收穫？」

「之俞一看見你的照片，視線就像是被黏住似的，沒有從照片上移開過，但除此之外便無其他反應。我故意將照片拿開，她也無動於衷，可是只要再把你的照片放到她面前，她就會目不轉睛一直看著，證明她極可能對你留有印象。」

譚曜磊內心十分激動，一度難以言語。

「所以我臨時決定讓她見見你。」

袁醫師說完，拿著手機轉過身，用空著的另一隻手打開一扇門，走進一處像是病房的空間。

隨著袁醫師的步伐，手機畫面裡出現一名坐在床上的女子。

女子身材清瘦，五官精緻美麗，肌膚極爲白皙，白金色的長髮猶如被月光照亮的瀑布，從她纖細單薄的肩膀上傾瀉而下。

「來，孩子。」袁醫師將手機舉在她面前，讓她清楚看見螢幕裡的男人，口氣溫柔，「妳認得他是誰嗎？」

女子的目光一落向手機螢幕上的譚曜磊，便不再移動，眼中的淡漠也轉爲專注，像是在觀察，也像是在回憶著什麼。

過了許久，女子緩緩靠近鏡頭，舉起食指，用指尖輕輕觸碰螢幕上的譚曜磊。

她始終緊閉的嘴唇，此時無聲地一開一闔，似是正在努力嘗試開口說話。

最後，她成功說出了兩個字，微微顫抖的嗓音，聽在旁人耳裡，竟像是帶著思念。

「爸爸。」

只這聲呼喚，就讓譚曜磊情不自禁落下淚來。

「對這樣的結果，你後悔嗎？」

他不後悔。

因爲這一切，是他心甘情願。

全文完

後記
人生第一部奇幻小說

在上一集後記，我告訴大家只有到了最後一集，才可以跟大家暢所欲言。因此這次完稿後，總編說我可以在後記大爆字，想寫多少就寫多少。

如今來到最後一篇後記，我竟發現自己只有四個字想說——我寫完了。

不是偷懶，確實是只想到這句話，很難釐清自己的這種心情到底是高興或捨不得，還是鬆一口氣。

直到讀完校稿的最後一個字，我才總算有了點眞實感，忍不住想著：啊，眞的結束了，這次是眞的要跟宇棠他們說再見了。

出版《赤瞳者》這套書時，第二集和第三集的出版時間時隔一年多，使得四集小說橫跨了三年才完結，換成是我，很可能會直接棄坑，因此當我發現有許多讀者都還在期待後續，心裡實在很開心，也很感動，甚至覺得有一點點不可思議。這表示你們是眞的喜歡這個故事吧，我是這麼想的。

過去創作的愛情小說，其中也有超現實的奇幻題材，但對我而言，《赤瞳者》才能算是我筆下的第一部奇幻小說。

即使擁有多年寫作經驗，但在奇幻小說領域，我是個門外漢，讀過的輕小說也極爲有限，那爲什麼我會忽然決定創作這個類型的故事？答案很簡單，因爲沒嘗試過，剛好又有感興趣的題材，所以想試試。

如今想來，這不僅是大膽的決定，根本是不要命的決定。

一個平常不怎麼讀奇幻輕小說，也沒寫過奇幻輕小說，又偏偏挑上這種艱澀題材來寫的作者，居然還沒毀了出版社的招牌，簡直是奇蹟。

實際創作奇幻小說，我才眞正體悟看別人寫故事是一回事，自己動筆寫又是一回事。中間我花了多久適應，又碰上多少問題和挫折，以及犯下多少低級錯誤，這些就不特別提了，我跟總編知道就好。（抖）

寫下《赤瞳者》後，有讀者問我奇幻小說難不難寫，我都秒答：「難。」問哪裡難，我的回答是：「全部都難。」

它把我寫作上的缺點完全赤裸裸地攤開了，過去以爲沒問題的地方，其實存在著相當大的致命傷，因此寫完這一系列後，我最感謝的就是總編，沒有她，這個故事不會以現在的樣貌呈現在大家眼前。而我也十分感謝她願意給我創作《赤瞳者》的機會，讓我實現一直存在我心裡的目標，畢竟我相信這對她也是一次冒險。記得當初我只告訴她，我想寫一個主角接受器官移植手術，進而得到超能力的故事，其他細節根本還沒想好，她也同意讓我寫寫看，證明總編的心臟比我還大顆，哈哈哈。

說完創作《赤瞳者》的心路歷程，最後來談談故事內容吧。

不知道讀完最後一集，各位會有什麼感想？

第三集出版後，我收到一些讀者的訊息，拜託我手下留情，希望故事裡的角色能有快樂結局。其實，我也是這麼希望的。（眞的，看看我眞摯的雙眼）

就我而言，這樣的結局，已經是最好的結局了。

只不過寫完最後一集，我對譚曜磊的不捨特別強烈，不知道你們是否也有相同的感覺。坦白說，當初我並沒有料到譚曜磊這個角色，在後面的劇情比重會占這麼多。完稿之後，我甚至認爲這個故事的主角根本是他。

這系列的許多角色，爲了守護至愛的人，不得不面臨各種痛苦的抉擇。

包括吳德因，她是一切悲劇的源頭，然而當你得知她的過往，是否也會對她產生那麼一點點不同的看法呢？

最後一集的主題是「母親」，雖然向志雲和房蕙林爲了守護女兒，不惜說謊、與世界爲敵，但我相信無論是誰，都很難認定她們的抉擇是「錯誤」的。

世上沒有絕對不可能的事，沒有絕對的善人與惡人，沒有絕對的正確和錯誤。這是我在看著這幾位母親時，內心一直湧現的想法。

以赤瞳者的父母親，爲這個故事劃上句點，是我想呈現的結尾，希望大家能在這樣的結局感受到一絲溫暖。

可以創作出《赤瞳者》，我很驕傲。
是所有喜歡這個故事的讀者，讓我得以順利完成這部作品。

接下來我會繼續認眞創作愛情小說，感覺好久沒有好好寫愛情故事了，有點懷念。未來如果還有想嘗試的奇幻小說，可能還會再試試吧，哈哈。（總編冒汗）

最後最後，再次感謝親愛的馥蔓和城邦原創。

也特別感謝林花老師，不少讀者是因爲她精心繪製的封面插畫，進而注意到《赤瞳者》。

最感謝的依舊是陪伴我完成這個故事的小平凡們。

我會繼續寫出更多精彩的故事給你們。

晨羽

城邦原創 長期徵稿

題材

(1) 愛情：校園愛情、都會愛情、古代言情等，非羅曼史，八萬字以上，需完結。
(2) 奇幻/玄幻：八萬字以上，單本或系列作皆可；若是系列作，請至少完稿一集以上，並附上分集大綱。

如何投稿

電子檔格式投稿（請盡量選擇此形式投稿）

(1) 請寄至客服信箱 service@popo.tw，信件標題寫明：【投稿城邦原創實體書出版／作品名稱／真實姓名】（例：投稿城邦原創實體書出版／愛情這件事／徐大仁）
(2) 稿件存成word檔，其他格式（網址連結、PDF檔、txt檔、直接貼文於信件中等）恕不受理；並請使用正確全形標點符號。
(3) 請附上真實姓名、性別、聯絡電話、email、POPO原創網會員帳號、作者簡介與出版經歷。
(4) 請加入POPO原創市集（www.popo.tw/index）申請成為作家會員，並將投稿作品公開放上該網站至少4萬字，若想全文公開也可以。

紙本投稿

(1) 投稿地址：10483台北市民生東路二段141號6樓
城邦原創實體出版部收
(2) 請以A4紙列印稿件，不收手寫稿件。
(3) 請附上真實姓名、性別、聯絡電話、email、POPO原創網會員帳號、作者簡介與出版經歷。
(4) 請自行留存底稿，恕不退稿。
(5) 請加入POPO原創市集（www.popo.tw/index）申請成為作家會員，並將投稿作品公開放上該網站至少4萬字，若想全文公開也可以。

審稿與回覆

(1) 收到稿件後，約需2-3個月審稿時間，請耐心等候通知。若通過審稿，編輯部將以email回覆並洽談合作事宜，如未過稿，恕不另行通知。
(2) 由於來稿眾多，若投稿未過，請恕無法一一說明原因或給予寫作建議。
(3) 若欲詢問審稿進度，請來信至投稿信箱，請勿透過電話、客服信箱、部落格、粉絲團詢問。

其他注意事項

(1) 請勿抄襲他人作品。
(2) 請確認投稿作品的實體與電子版權都在您的手上。
(3) 如果您的作品在敝公司的徵稿類型之外，仍然可以投稿，只是過稿機率相對較低。

國家圖書館出版品預行編目資料

赤瞳者04母親／晨羽著. -- 初版. -- 臺北市；城邦原創股份有限公司出版：英屬蓋曼群島商家庭傳媒股份有限公司城邦分公司發行, 2022.01
面； 公分

ISBN 978-626-95177-9-4（平裝）

863.57 110021195

赤瞳者04母親

作　　者／晨羽
企畫選書／楊馥蔓
責任編輯／楊馥蔓

行銷業務／林政杰
總 編 輯／楊馥蔓
總 經 理／伍文翠
發 行 人／何飛鵬
法律顧問／元禾法律事務所　王子文律師
出　　版／城邦原創股份有限公司
台北市南港區昆陽街 16 號 4 樓
電話：(02) 2509-5506　傳真：(02) 2500-1933
E-mail：service@popo.tw
發　　行／英屬蓋曼群島商家庭傳媒股份有限公司城邦分公司
聯絡地址：台北市南港區昆陽街 16 號 8 樓
書虫客服服務專線：(02) 25007718・(02) 25007719
24小時傳眞服務：(02) 25001990・(02) 25001991
服務時間：週一至週五09:30-12:00・13:30-17:00
郵撥帳號：19863813　戶名：書虫股份有限公司
讀者服務信箱 email：service@readingclub.com.tw
城邦讀書花園網址：www.cite.com.tw
香港發行所／城邦（香港）出版集團有限公司
地址：香港九龍土瓜灣土瓜灣道 86 號順聯工業大廈 6 樓 A 室
email：hkcite@biznetvigator.com
電話：(852)25086231　傳眞：(852) 25789337
馬新發行所／城邦（馬新）出版集團 Cité(M)Sdn. Bhd.
41, Jalan Radin Anum, Bandar Baru Sri Petaling,
57000 Kuala Lumpur, Malaysia.
電話：(603) 90563833　傳眞：(603) 90576622
email:services@cite.my

封面插畫／林花
封面設計／Gincy
電腦排版／游淑萍
印　　刷／漾格科技股份有限公司
經 銷 商／聯合發行股份有限公司
電話：(02)2917-8022　傳眞：(02)2911-0053

■ 2022 年 1 月初版
■ 2024 年 8 月初版 6.7 刷
Printed in Taiwan

定價／320元

ISBN 978-626-95177-9-4